我深爱
我们一起相处的
这些夜晚

美国当代诗选

SPEAKING *of* LOVE
Contemporary
American Love Poems

唐小兵 —— 编译

上海文艺出版社

目录

上帝的逻各斯（代序）　张逸旻　　　　　　　　i

艾德丽安·里奇 Adrienne Rich

二十一首情诗（三）　　　　　　　　2

二十一首情诗（十六）　　　　　　　3

二十一首情诗（十七）　　　　　　　4

二十一首情诗（二十）　　　　　　　5

丽泽·穆勒 Lisel Mueller

关于那对恋人的随想　　　　　　　　7

两个浪漫的人　　　　　　　　　　　9

玉兰花　　　　　　　　　　　　　　11

写给加利福尼亚的信　　　　　　　　12

斯蒂芬·邓恩 Stephen Dunn

吻　　　　　　　　　　　　　　　　16

做爱之后　　　　　　　　　　　　　18

温柔	20
想象中的	24

玛雅·安吉洛 Maya Angelou

回忆	33
拒绝	34

达纳·乔亚 Dana Gioia

当我们说到爱	36
夏日阵雨	38
疯子,恋人,和诗人	41
多年的婚姻	43

C. D. 莱特 C. D. Wright

写在我们可以相互摧毁的时代之前夜	45
书一样的礼物	47
一体	48

弗罗斯特·甘德 Forrest Gander

周年	51
猫,单簧管,两个女人	53

墓志铭 55
　　火后森林 58

丽塔·达夫 Rita Dove
　　调情 61
　　心告诉心 63
　　舒适的辩白 65

艾伦·巴斯 Ellen Bass
　　一篮无花果 68
　　小小国度 70
　　婚姻 72

琳达·帕斯坦 Linda Pastan
　　提前到来的来世 81
　　有义务觉得幸福 83
　　留言机 85

亨利·科尔 Henri Cole
　　引力与中心 88
　　罂粟花 89
　　眼睛泛红的自画像 90

杜丽安·洛 Dorianne Laux

小偷 … 92
亲密至此 … 95
事后 … 97

马克·斯特兰德 Mark Strand

冬日诗行 … 100
光的来临 … 102
黑色的海 … 103
失误 … 104

露易丝·格吕克 Louise Glück

尘世的爱 … 106
不朽的爱 … 108
静夜 … 110

罗伯特·克里利 Robert Creeley

爱 … 112
布列松的电影 … 113
老年歌 … 115

尼基·乔万尼 Nikki Giovanni

我写了一个好吃的煎蛋卷 117

诱惑 118

我也与之无异 120

马克·杜迪 Mark Doty

显灵 129

拥抱 131

比利·科林斯 Billy Collins

漫无目的的爱 134

听者 137

色情画 139

嫉妒 141

艾米·格斯勒 Amy Gerstler

情色的赞美诗 144

我溃不成军 145

性爱之前 146

超脱 147

弗兰兹·莱特 Franz Wright

    致我自己   150

    献词   152

金·阿多尼兹奥 Kim Addonizio

    第一个吻   156

    偷来的时刻   158

    三十一岁的恋人   159

    亲爱的读者   161

译后记   163

版权说明   171

上帝的逻各斯
——美国当代情诗的共情术
（代序）

张逸旻

一

美国自白派诗人安妮·塞克斯顿有一首诗，题为《当男人进入女人》，呈现了男女欢爱时的两帧镜像。为表述那妙不可言的瞬间，诗人两次以"逻各斯显现"为替代，暗示床笫动作推进到高潮与收束。"逻各斯"，太初有言、上帝之法；人向无名之域不断试错的明证。这一用喻的出发点与乔治·斯坦纳称"爱是非理性的必要奇迹"同理，指出了我们情感事件中的神性之维，即人类语言四壁所难安置的部分。在塞克斯顿这首诗里，借助神允，"男人 / 在女人体内 / 打了个结"，"可是上帝／出于他的乖僻／解开了结"。上帝心血来潮、信手拆结，这是发生在约伯身上的信约失效。旧约中耶和华受神子挑动，将公义蜕变为奥秘，而塞克斯顿笔下涉足情事的上帝同样教人回看自己的愚妄。

爱是人类智识的非理性敌手。诗人安妮·卡森在其古典学研究首著《厄洛斯：苦甜》中开篇便叹"萨福是第一个把爱欲叫作'苦甜'的，恋爱过的人谁能驳回"。萨福天然地将情爱的癫狂迷魅归咎于神谕的秘而不宣，开启了一种苦痛袭来以求解脱的张力诗学——"当我看到你，哪怕只有／一刹那，我已经／不能言语／舌头断裂，血管里奔流着细小的火焰／黑暗蒙住了我的双眼，／耳鼓狂敲／冷汗涔涔而下／我颤栗，脸色比春草惨绿／我虽生犹死，至少在我看来——／死亡正在步步紧逼"。心意动荡，随即口齿无力自展，及至视觉熄灭、耳力失控、五体昏黑浑如被死亡摄取。这种在死生之轴上获取刻度的情感强力（它绝不是修辞术，而是实有发生）直到中世纪仍然适用——但丁在地狱第五层听了"被爱俘获的故事"后,"仿佛要死似地昏过去","像死尸一般倒下了"。

在古希腊作品中,卡森识别出"爱人-(受阻的)爱欲-被爱者"的位移关系,并称欲望的受阻反而是世间情事永葆盎然的要义:欲望被延缓、受阻滞,这令爱人者朝向被爱者终究是无法抵达的趋近;这一过程恰似以智性揣度神意,或以语言趋向太一。上帝的逻各斯,这"苦甜"引力之网的织造者,教我们体尝爱情中节奏的骤变与意义的挪移;它赋能于爱神,教诗人的意中人违反本心——用萨福自己的诗行来说:如果现在逃避,很快将追逐;如果现在拒绝,很快将施予;如果现在没有爱,爱很快就会流溢。

这是西方情诗给人的第一印象,其中矗立着一个完整的希腊。只不过这个希腊远非我们所能在场。就像伍尔夫盛赞"每个单词都充满生机,倾泻出橄榄树、神庙和年轻人的身体",这些身体,我们是在石膏模型和博物馆走廊的大理石座上结识的。事实是,萨福情诗里那种相顾失色的惊怪,那种"虽生犹死"的萨满式剖白,不可能从今人口中说出而不显得失态造作。正如伊格尔顿认为伊丽莎白·勃朗宁的十四行诗"对现代趣味来说太严肃、高尚了",包括趣味在内的各个范畴总在发生变革。勃朗宁情诗底下笼罩着的教堂烛光、英格兰灰,以及由大写的"正义"(Right)和"赞美"(Praise)为尾音的维多利亚时期的激情,现在读来未免显得渺远、寡淡。

这不是要把过去和当下对立起来。事实是,一首诗纵使写自异时异地,也能以种种方式找到你。好诗理应是对现时与个例的超越,这方面,从约翰·密尔到波德莱尔到 T. S. 艾略特都有相承性的论述,尽管角度有所偏差。他们的当代信徒、美国诗评家斯蒂芬妮·伯特声称,"读抒情诗就是为了发现跨越时空的人类情感的共性,无论多么雷同、多么主观",因为"诗歌是感情的语言模型",二十世纪的艾略特能被十七世纪的约翰·多恩打动,原因之一便是前者诗中的某些感情至今仍在。

艾略特倒未见得从抒情诗的角度立论,但他对艺术何以唤起共情有一个著名的推演:

用艺术形式表现情感的唯一途径，是找到一个"客观对应物"；换句话说，是用一系列实物、场景，一连串事件来表现某种特定的情感，要做到当那些最终必然是感官经验的外部事实一旦出现，便能立刻唤起那种情感。

这是"情同此心"的慢动作分解。按照艾略特，当我们产生共鸣，彼此内心状态的等值物是以"外部事实"——"一系列实物、场景，一连串事件"——为介体来兑现的。这里的"外部事实"同写作时代或作家传记无涉，而是指内置于文本的叙事情境，也即后来新批评派在讲授一首诗时，要求投以细读的入门要素。在新批评派看来，一首诗的情感接应是否顺遂，很大程度上取决于这情感所形诸的"外部事实"塑造得是否明晰、合宜。后来，"艾略特-新批评"联盟遭到众所周知的抗辩。原因是人们意识到，诗歌的书面流传和视觉接受终会暗哑诗人在"外部事实"中注入的语调，从而让寓居其间的情感扬抑遭到误读——这与新批评派自己提出需加以谨防的"情感谬误"与"意图谬误"并不相去甚远。

如果跨时空共情的保值性不过是一个梦想,那么,我们在当代诗歌中收获的熨帖感是否就相对安全无虞?不论如何,有一点或许可以确定,"现代世界有它的依傍之物"(威廉·卡洛斯·威廉斯语),在同时代诗人所提供的、比例更为适中的"外部事实"里,我们的关切与欢娱更易被可视可触可体味的事物所牵引。这方面,情诗尤是如此,因为情诗与我们的身体感觉最为关联。当艾德丽安·里奇说"我与你同在……"而"莫扎特的 G 小调从录音机流出"时,无需转译,质地相同的乐声会亲手抚梳我们的心灵,带我们重返那个未曾移位的夜晚。同样地,当在丽泽·穆勒的诗中读到"你那悠长的,流畅动听的词语/像熟透了的牛油果"时,这样一个喻体会从我们的口腔吸入,溶解在双颚的后排。事实是,对一首情诗的理解必然在所有感官的联觉漩涡中完成,城市的落日可以目睹而汽车的啸动得以耳闻。如果阅读情诗时因过多的陌异感而停顿下来,那么,这种停顿是致命的。

二

没有哪种创作群像能像美国当代诗歌那样，愿意以极尽精微的词语辨色卡，逐条比照我们生活与心理地形图中渐变的等高线。词语在经验现实中寻猎，随时咬合其捕获物，这在情诗中尤为瞩目。当代诗人从他们一以概之的宗祧惠特曼身上，保留了大规模列举事物的兴味、对自由律的偏爱以及使用情色语汇时的坦率。其中，《雅歌》那种对身体部位的扫描式称颂，由自白派与"垮掉的一代"经手，已然成了一枚独属于"美式"的签章：

厚实

紧凑的胸肌，乳头像崭新的硬币印在
胸脯上，下面的肌肉扇子一样展开。
我察看他的双臂，就像是用了一把刀
沿着条条曲线镂刻而成的造型，
三角肌，二头肌，三头肌，我几乎不敢相信
他是人类——背阔肌，髋屈肌，

臀肌，腓肠肌——如此完美的造物。

——金·阿多尼兹奥，《三十一岁的恋人》

似乎什么也无需克服，美国情诗的领地，天然就为身体感觉而划擘。肉体的私语与细响，在直露的日常生活体验中再度开口。基于广义的现实主义，诗人无意于净化或参透，而是欲将情思的琐屑与生理分泌物的热味无损地还原。和惠特曼的异域继承者聂鲁达（布鲁姆语）一样，美国诗人写起爱情，用的也是舌、指尖、眼耳与鼻息。

罗兰·巴特在谈及《恋人絮语》的写作本意时称，"恋人的表述并不是辩证发展的；它就像日历一般轮转不停，好似一部有关情感的专业全书"。与此相仿，任何一种美国当代情诗选编，都有其重要的辞典学意义。这些独具美国特色的"工作坊诗歌"（workshop poetry）整体上呈现为一种与中产阶级审美合谋的"内室叙事"（比利·科林斯写道："我看不到千里之外的你，/ 但能听到 / 你在卧室里咳嗽 / 也听到你 / 把酒杯轻轻放在台桌上"），为种种情态所摆布的恋人们，仿佛总是落座在家中（书桌前、起居室、厨房或床上），在可调节的室内光线下，将情感经验被词语转述出来的快慰分享给（同样在室内的）我们。

这些内室叙事不仅搬演我们爱情的诸般欢乐、不幸、饥渴、溃败与狂喜，同时也是对当代城市生活语汇的集中编目。比如，C. D. 莱特以第一人称写道："我会把双腿像一本书那样打开……我将像一本酒水单，一只青口贝那样打开"。当身体与消费品之间的界槛消失、相互唤来时，诸如"酒水单"和"青口贝"就迁入了新的意义居所；再如，在里奇那里我们读到，相爱的偶然性"就像车辆相撞，/ 就像书会改变我们，就像我们喜欢上 / 搬进去住的某些街区"。大城市的生活界面被唾手组合成情感表述的语义场。又如斯蒂芬·邓恩的温存回忆："而我 / 当时所知道的 / 只是汽车的后座和睡袋 / 暗夜里偷偷摸摸的一晚两晚。我们在 / 同一个办公室工作，打趣和孤单 / 把我们引向一个共同的秘密"。暗色调的私人生活展示，重新编辑了语言对现实的抒情，将隐没在背光处的城市爱情常景调制成可能的感悟和灼见。

很显然，美国当代情诗有其切入当下的锐度与速率。在以知觉力为驱动的阅读过程中，感官自动完成了那种调适。每首诗都像是为你而写，未经引介就曾熟识，在布局无异的城市街区顶部将我们隔空捕获。如同美国文化制版的一份拓印，美国当代情诗展示了对情感的非浪漫主义体悟、对各色人种与性取向的兼容并蓄，以及对平凡物象的象征化冲动。这是具有症候性的。有一个变幻不居却淡然自持的世界公民的声音，在讲述现代交通、品牌消费、技术更新和赛博媒介等对我们情感生活的重新定义：

> 一只橘子，去皮，
> 分成四瓣，盛开着
>
> 就像威治伍德瓷盘上的一朵水仙
> 什么都可能发生。
>
> ——丽塔·达夫，《调情》

"什么都可能发生"：一个正在叙述的恋人，

成为我们内心语流的外化。他或她分享的信条是，所有的体验都是有价值的，无论巨细：陡然而发的性欲、让身体发疼的回想、显而易见长期容忍的谎言、剧情展演般的调情、异地恋难以饱餍的思慕、同性恋人（或自体之爱）的身体魔力、通讯失联的懊恼、得意地爱上一个不该爱的人、情偶伴入婚姻的节外生枝……仿佛同是一个"我"在产生、发展、流动、敞开；没有一个情境不值得描画，没有一个物件不该被展开度量。这种细细逡巡的背后，饱含着对于每一个时间单位及其容纳的生命经验行将萎缩乃至熄灭的焦虑与忌惮。毕竟，生活结构于偶然与碎片，爱也即生即死，这或许是原子化时代下唯一恒常的真实。所以亨利·科尔在《眼睛泛红的自画像》中写道："我曾喜欢每天／都会在我们身上发生的小小的生和死。／甚至连你明亮的牙齿上的白色口水／都曾是爱的泡沫"。

三

梅洛-庞蒂曾在一篇文章中谈论塞尚："对于

这位画家而言,情绪只可能是一种,那就是陌生感,抒情也只可能是一种,那就是对存在不断重生的抒情。"在他看来,塞尚通过描绘日常物件来翻新联觉体验,这恰似现象学"回到事物本身"的自我期许。画家不断拿起世界,如"陌生化"对材料的艺术安排那样,反复为静物和风景注入新的角度、比例和阴影。这种塞尚式"陌生感",即感知定式的变异,能引发知觉上的惊讶与震颤,是将上帝的逻各斯放逐远征的眩晕冲动。

怀抱着"陌生感"去触碰日常,这也是美国当代情诗的艺术契约。在语言与受其描述的经验之间,有一个迷人的悖论:词语越是握持着日常之物,反而越能使我们的经验获得更新——这与现代主义热衷戏仿经典的策略近似。日常与典故都是在频繁的单义语用中受到磨损的,熟识度是两者共有的非难。但当这种熟识度被语言开凿出新奇的立面时,它会变为真正的善,进而把亲临初识的惊讶感交还给我们。别具一格的"用典"会替我们揭开语言惯性所结成的包膜,复苏那些业已完备的感触。罗伯特·克里利的诗作《布列松的电影》就讲到这点:"我"被骑士兰斯洛特的影像打动,于是"鲜血淋漓"这个远漠的词忽地返回"我"体内。

实际上,以新晋诺奖诗人格吕克为显著,当代情诗不乏对古典与神话韵事的改写。譬如丽泽·穆勒,时而速写保罗和弗朗齐斯嘉的热恋花园,推动我们对看似永生的爱情传奇做一个诘询式考古;时而在克拉拉·舒曼与勃拉姆斯之间安插进一个"十九世纪的爱神",一笔勾销了"现代的传记作家们"无关宏旨的猜度。这些诗作与其说是对传统意象的拆解和再度催生,不如说是从往昔中借调出一种体验的复活,在那里,语言尚与体验接壤,足以说出两个爱情朝圣者相遇的一帧一幕:

一次
时间稍长的握手,或是两眼间
一次深深的凝视,就能让人心潮起伏,
而一些在我们通俗化的语言里
已经无法辨认的微妙措辞

曾经就足够使芬芳的空气

因为某种可能的热望而颤抖

而闪闪发光。

——《两个浪漫的人：约翰内斯·勃拉姆斯和

克拉拉·舒曼》

带着现象学的哲性自觉，美国当代情诗企望把我们领回到面对情事的原初经验中去。但较之别的话语，情诗对当下语言品质的要求或许最需严苛。因为爱常常是重复而非新奇的体验，且在任何形式中无不被阐释和消费。当我们说到爱时，词语还能否（或如何）保持其精确与活力？这是在"言词的财富和尊严锐减"（斯坦纳语）的今天，情诗写作的困惑与焦灼。正如达纳·乔亚写道："当我们说到爱时一开始总是很难。/ 我们搜寻那些久已遗失、未受玷污，父母在家里相互间从来不轻易说出、/ 也未被电台滥用得一钱不值的字句。/ 但留给我们的却是如此绝无仅有。"

此处，"玷污"一词不禁让人想到莎士比亚和约翰·多恩。但在这位 2015 年加州桂冠诗人的笔下,词语之受"玷污"已经最大地构成人类的处境与寓言。词语被无关的意图窃据。就连沉默与身体感觉也于事无补:"但沉默本身也可能变作陈词滥调,/而身体也会像言辞那样善于撒谎"。如何"指望爱情会让套话再次变得天真"?这就和艾伦·巴斯在《小小国度》中的问题一样:"什么样的说法,可以唤起初夏熬果酱时/弥漫在空气中的杏子的味道?""什么词语可以接近昨晚我对你的抚摸——/仿佛我从来没有见识过女人——像一个勘探者"?

这些以情话质询情话的"元情诗",如此恳求修复我们语言的贫乏。这种贫乏用布罗茨基的话说,表现为现代生活的心理学病态,即"表达能力总是远远落后于体验"。如何使语言再次匹配感官经验的多重真实,如何开采语言的潜能、说出肉身能够侥幸分享神性的时刻——这是情诗写作无可回避的伦理。正如卡尔维诺提起民族童话时难掩其兴奋,认为这门艺术"流淌着幸福,充满着想象力,到处是对现实的启示,也绝不缺乏品位与智慧"——在一首宜于分享、确切迷人的情诗面前，读者也会发出类似的欣叹。在用语词捕捉逃离在外的情感方式与想象力方面，理想的情诗应当是某种法典的代用品，它预尝我们的命运，宣告我们感官上的执念，将外部生活的词条与精神隐喻的词条系统地交织起来，并鼓励我们随时返回参阅。

格吕克的那首诗名叫《静夜》，起先是失焦的多镜头剪接，在其中，十年的婚姻往事如一沓负片交叠闪动。随后，诗人忽然召回了重返伊萨卡的多事之秋，于是有了：

> 当珀涅罗珀牵起奥德修斯的手，
> 并不是不让他走，而是要把
> 这份安宁压印在他的记忆里：
>
> 从今往后，你穿行而过的所有寂寥
> 都是我的声音在追赶着你。

这是一番刻骨的情话。一个生命锲入另一个。也像诗行，找到了一只同情的耳朵——这是美国当代情诗所向往的实际处境：这些诗歌每每由一个可信任的言说主体引领着，通过现在时的讲述从我们身上贯穿、驻留，直到变为可携带的一部分。与前述诗人用语词捕获经验的努力互成镜像的是：到了阅读环节，读者将从诗中摘取必要的语词，以备为自己的经验命名。或者是，阅读时因惺惺相惜而珍藏的句法，能够在未来某个经验降临时脱口而出。这或许是诗歌共情术所能引获的最好报偿。说到底，没有什么理由使我们必须相信这些情话，然而我们还是相信了。感谢唐小兵老师，如果这些情诗的声音总是"追赶着"，期待在读者私人之镇的最深处生根缠绕，那么，发生在我身上的诸多缠绕，都首先是通过他的译笔。

艾德丽安·里奇
Adrienne Rich (1929-2012)

1951年出版第一本诗集,诗人多产的创作生涯一直延续到2010年,被誉为"二十世纪下半叶读者最广泛、影响最大的诗人之一",也是著名的女性主义者和文化偶像。1976年出版的《二十一首情诗》是其最为人们所熟悉、具有里程碑意义的作品。

二十一首情诗(三)

既然我们不再年轻,便不得不用几周的时间

来抵偿错过对方的多年。但也只有这种奇特的

时间扭曲才让我知道我们不再年轻。

二十岁的我有没有在清晨的街头走过,

四肢里流涌着更纯洁的快乐?

有没有从某个窗口探身俯瞰全城

聆听未来

就像此刻全神贯注等你的来电?

而你,你踩着同样的节拍向我走来。

你的眼睛永远明亮,闪动着

初夏蓝眼草的绿色,

那被春天洗涤过的碧绿的野水芹。

二十岁时,没错:我们以为自己将永远活着。

四十五岁时,我想知道我们的大限何在。

我抚摸着你,知道我们不会明天再出生,

以某种方式,我们将会帮助对方活着,

在某个地方,我们必须帮助对方死去。

二十一首情诗（十六）

相隔了一个城市，但我跟你同在
就像一个八月的夜晚
月色朦胧，水湾温煦，海水浴后，我看着你酣睡，
那被擦得光泽全无的木质梳妆台
月光下堆满了我们的梳子，书，小玻璃瓶——
或者是在盐雾弥漫的果园，躺卧在你身边
透过小木屋的纱门看红色落日，
录音机播放着莫扎特的 G 小调，
随着大海的乐声沉沉睡去。
曼哈顿这座岛对你和我
已经够宽，但也很窄：
我今晚能听到你的呼吸，知道你躺下时
会仰着脸，半明半暗的光勾勒出
你大方、精致的嘴唇
那里有悲伤和欢笑同枕共眠。

二十一首情诗（十七）

谁都不是有缘或注定会爱上谁。
这种偶然随时发生，我们并非女英雄，
它们发生在我们的生活里，就像车辆相撞，
就像书会改变我们，就像我们喜欢上
搬进去住的某些街区。
《特里斯坦和伊索尔德》并非我们的故事，
女人们起码应该知道爱与死
的区别。我们这里不会有毒杯
也没有补赎。只不过是想到录音机
应该记录下我们的一些踪影；录音机
不仅仅是播放，也应该倾听我们，
然后可以去喻示后人
我们曾经这样存在，曾经这样竭力爱过，
而这是他们调动起来围攻我们的力量，
而这是我们调动起来守望相助的力量，
我们守望他们围攻，他们围攻我们守望。

二十一首情诗（二十）

我们每每差点就要开始的
那次谈话，在我的脑海里不断展开，
夜间的哈德逊河在新泽西的灯光里颤动
污浊的水竟也能反光，甚至
偶尔映照出月亮
于是我认出了曾经爱过的
女人，淹没在秘密中，恐慌像头发缠绕着她的喉咙
使她窒息。而这正是
我试图跟她说话的人，她那受了伤、表情丰富的头
在痛苦中侧转过去，被什么东西越拽越深
直到再也听不到我的声音，
顷刻我将知道，我刚才是在跟自己的灵魂交谈。

丽泽·穆勒

Lisel Mueller (1924-2020)

出生于德国，十五岁时移居美国，1997 年凭《活在一起》成为至今唯一一位荣获普利策诗歌奖的德裔美国人，这也是她最后一本诗集。诗作典雅婉约，静水流深，有对欧洲故国文化的怀念，也充满对美国中西部辽阔风物的依恋。

关于那对恋人的随想

我想象他们总是身处夏天,
玫瑰花环绕着他们手中的书
窃窃私语,而他们像蝴蝶
安然停在正午的网里:
我心目中的她悄无声息,完全
被他的嗓音征服,紧盯着
脚下的方石板也难耐浑身燥热,
听着但又不想听见
骑士兰斯洛特如何甜蜜地纠缠王后。

可假若他们在生命的盛夏之后
仍然存活,在萧瑟的
秋天里苟延残喘
任由飘零的树叶
把他们带入梦境,如此梦境——
假若出来捕食肉体的心灵
紧紧咬住爱情不放

而且指责他们半遮半掩,那会怎样?

假若并没有什么暴力行径
让他们在我们的心中
获得永生,而我们总是想把爱情
看作一成不变,不会因为自己
在阴影间的出没而褪色,那又如何?

两个浪漫的人

约翰内斯·勃拉姆斯和克拉拉·舒曼

现代的传记作家们纠缠不已的,
是他们温存的友情"到了什么地步"。
他们想知道他到底是什么意思
当他写信说总在思念她,
他的守护天使,挚爱的朋友。
现代的传记作家们总是问
这种粗鄙的,我们这个时代特有的
无关宏旨的问题,似乎有了
两个肉体交织在一起这件事
就决定了爱的程度,
而忘记了爱神在十九世纪
是怎样地蹑手蹑脚,一次
时间稍长的握手,或是两眼间
一次深深的凝视,就能让人心潮起伏,
而一些在我们通俗化的语言里
已经无法辨认的微妙措辞
曾经就足够使芬芳的空气

因为某种可能的热望而颤抖
而闪闪发光。每当我听到
那些间奏曲,忧伤
而又如此纵情地温柔,
我就想象他们俩
坐在花园里
四周是迟开的玫瑰
和倾泻而下的浓郁的树叶,
任眼前的风景替他们倾诉,
什么也没有留下让我们听取。

玉兰花

今年的春夏两季决心要
加快速度,把自己打包成一个
为时三天的季节
从冬天里蒸腾而出。
前面院子里那一树不情愿的
玉兰花苞失去了控制
忽然间怒放开来。
两天后,绸缎般淡粉色的花瓣
围着树干堆积着
就像脱下来的衬裙。

还记得从前的春天有多长吗?
还记得从第一次牵住手指
到第一次真正的吻曾经需要多久吗?而这之后
还记得另一次漫长的等待,无尽的摩挲
就为了解开一粒纽扣吗?

写给加利福尼亚的信

我们给对方写信,似乎
使用的是同一种语言,
但其实不是。你的句子
轻轻地一句拍打着一句,就像
太平洋里的浪花,无拘无束;
你那悠长的,流畅动听的词语
像熟透了的牛油果在我嘴里回荡。
读你的来信是为了不再关注
有关地震和泥石流的新闻,
而是去想象时间在缓缓地流动。
是把太阳想象成
一个生灵,不会让任何不测
降临于你。
    在偏远的此地
我们种下韭葱、菜豆和结实的
可以保存几个月的根茎作物。
我们这里没什么灾害;换言之,

没有任何雄伟壮观可言。我们只是

不动声色地不断挣扎

以求度过冬天,这个已吞下

两个季节,而且会把阴影投向

第三个季节的冬天。你会怎么办

如果没有一场大雪来告诉你终有一死?

一阵风会突然让我们驻足停下

也让我们说的话获得形状,一字一顿

清楚、直率地落下。这里的鸟

大多是山雀

和灯芯草雀,都是单色的

长得跟四周的景色浑然一体,

比如那铅云密布的天空

那瘦骨嶙峋的树木,它们

月复一月地保持着

舞者最初的姿势。但也有

一些我们懂得的启示:偶尔之间

一只红雀会动听地啁啾,

浑身火红得就像一位圣徒胸中

那出人意料的艳丽的心脏,

它在我们这通情达理的
灰褐色的景致里冒出来,若无旁人。
我搜遍语言,想要找到一个词
来告诉你这红有多红。

斯蒂芬·邓恩

Stephen Dunn (1939-2021)

大学毕业后曾从事广告工作,其诗作聚焦于美国中产阶级日常生活中的种种焦虑、快乐、担忧和期许,语言通俗平实,有很强的叙事色彩和戏剧性,温和的语调里体现出深刻的人生经验和感悟。

吻

她把嘴唇贴在心灵上[1]。
—— 笔误

这之前有多少年我都在渴望
有人把嘴唇贴在心灵上。
新分泌的费洛蒙,飘荡在
我们之间。四周空气稀薄。

她又吻了我,触动了那个
向脚趾和手指发送信息的部位,
一直发送到似乎是归宿的地方。
某处有音乐在自顾自地演奏。

谁也无法和这样的女人媲美
她知道在对的时候吻对的地方,

---

[1] 此处本应是 mine(我的),但写成了 mind(心灵),故曰"笔误"。

也会吻她思念和错过的地方。
这之前我怎么竟如此将就？

我当时就想这是一种智慧，
是神谕传到希腊人耳中以来
最聪明的口舌
在解释一切。是至善，

在自我定义。我已经晕头转向。
她很清醒。我们很快结为夫妻。

做爱之后

任何人都不应该问对方
"你当时是怎么想的?"

任何人,也就是,
那些不要听别人谈起往事

谈起故人的人,
他们不要听人说此刻特有的孤独

尽管可以是充满了快乐的孤独,
他们也不要听人讲起未来

的图景,不同的身体上
长着不同的人脸。

有些人是真的渴望开诚布公。
想必他们从来没有

在找不到钥匙的时候
破门闯入自己独处的房间,

从来没有用闯入者的眼光
打量过自己的所有。

温柔

那时候很多事情都很清楚
而我还并不懂得
年轻的男人从女人那里

体会到感觉好是种什么感觉,
我当时二十三岁,
她三十四,两个孩子,丈夫

因打破别人的头而关在牢里。
总是被人叫骂,被
打来打去的她,对温柔的理解

就是渴望得到温柔,而我
当时所知道的
只是汽车的后座和睡袋

暗夜里偷偷摸摸的一晚两晚。

我们在
同一个办公室工作，打趣和孤单

把我们引向一个共同的秘密
那就是
帮国民饼干公司卖饼干

实在太滑稽，这进而导致我的身体
跟她的身体融为一体
就像流向地下的雨水

自然就跟水汇合在一起。
我不记得
是否确实说过这个词，温柔，

但她说过。我现在才明白
这个词你在年长时才会用到，
只有反复经历了没有温柔的日子

才会知道，当它终于来临时

温柔

多么像绸缎和润肤乳膏。开始的时候

我想是恐惧让我那样轻轻地

触碰她,

然后是出于自私,因为这样做的

好处明显,会给我带来

双重的回报,

而最终,一段时间之后,这一切

在爱的高度的无知里

成了条件反射、别无目的的举动。

啊抽象的结论都是抽象的

直到里面包含了疼痛。我遇到了

一个从来没有被

轻轻抚摸过的女人,当我们的关系结束

我有了新的双手和新的哀愁,

对如何做一个男人的所有想法

完全改变,不再英勇,无根漂浮。

想象中的

如果想象中的女人让现实中的女人
显得形销骨立,似有还无,缺乏
风韵、智慧和美貌,
如果你渐渐意识到想象中的女人
只能满足你的想象,而
现实中有着诸多局限的女人
却常常让你感觉良好,那为何,尽管
你明白这一点,但想象中的女人
总是会走进你的卧室,跟你
一起晚餐,为什么你总是带着她
去度假,当现实中的女人在购物,
或是在筹划去美术馆的最佳路线?

    而如果现实中的女人
有自己想象中的男人,她肯定会有,此刻
很可能就在她身边,正在
做着和说着她从来就想要的一切,

你想不想知道这个男人每天
都从你的女人为他打开的秘密通道
溜进她的生活,甚至在你
吃煎蛋卷早餐的时候他也在场,
或者说你宁愿她一如平常地
照料家务,假装只有你们两人?
她的缄默,说到底,不正是爱?而你的无言
也并非全是为了自己?难道不是又到了

   欲说还休的时候?

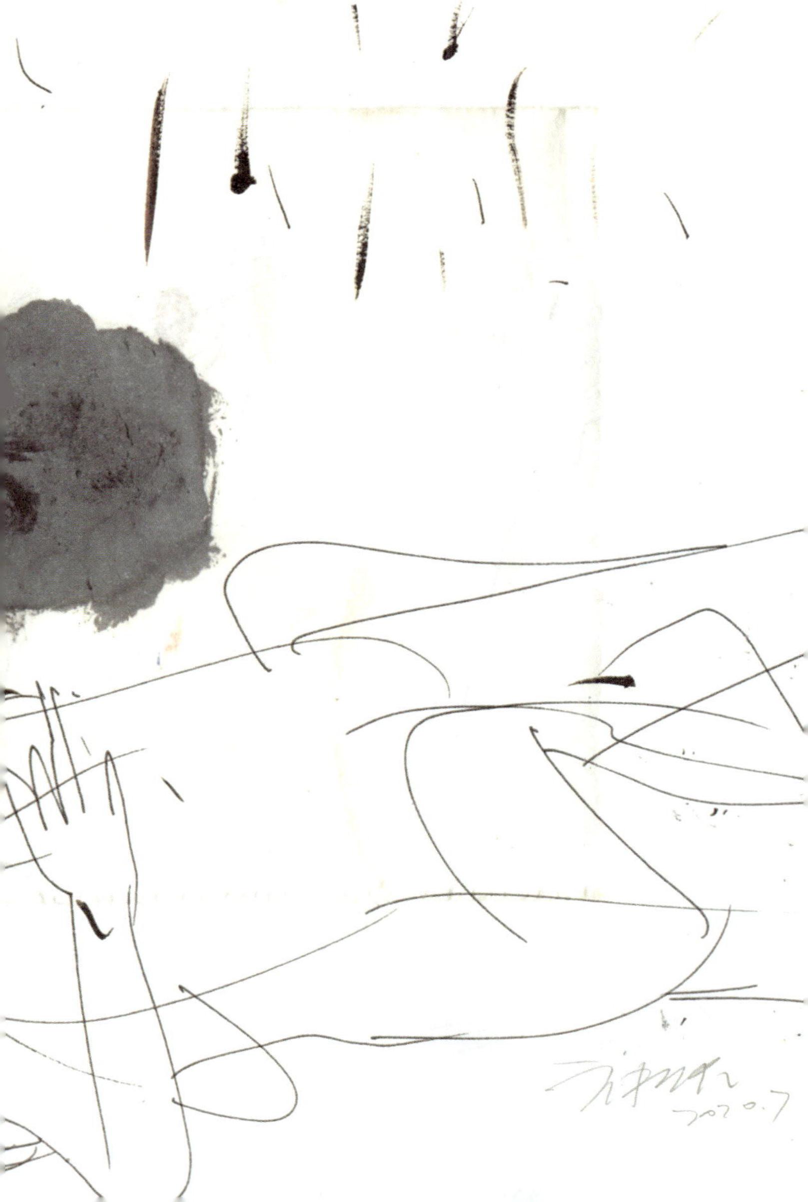
2020.7

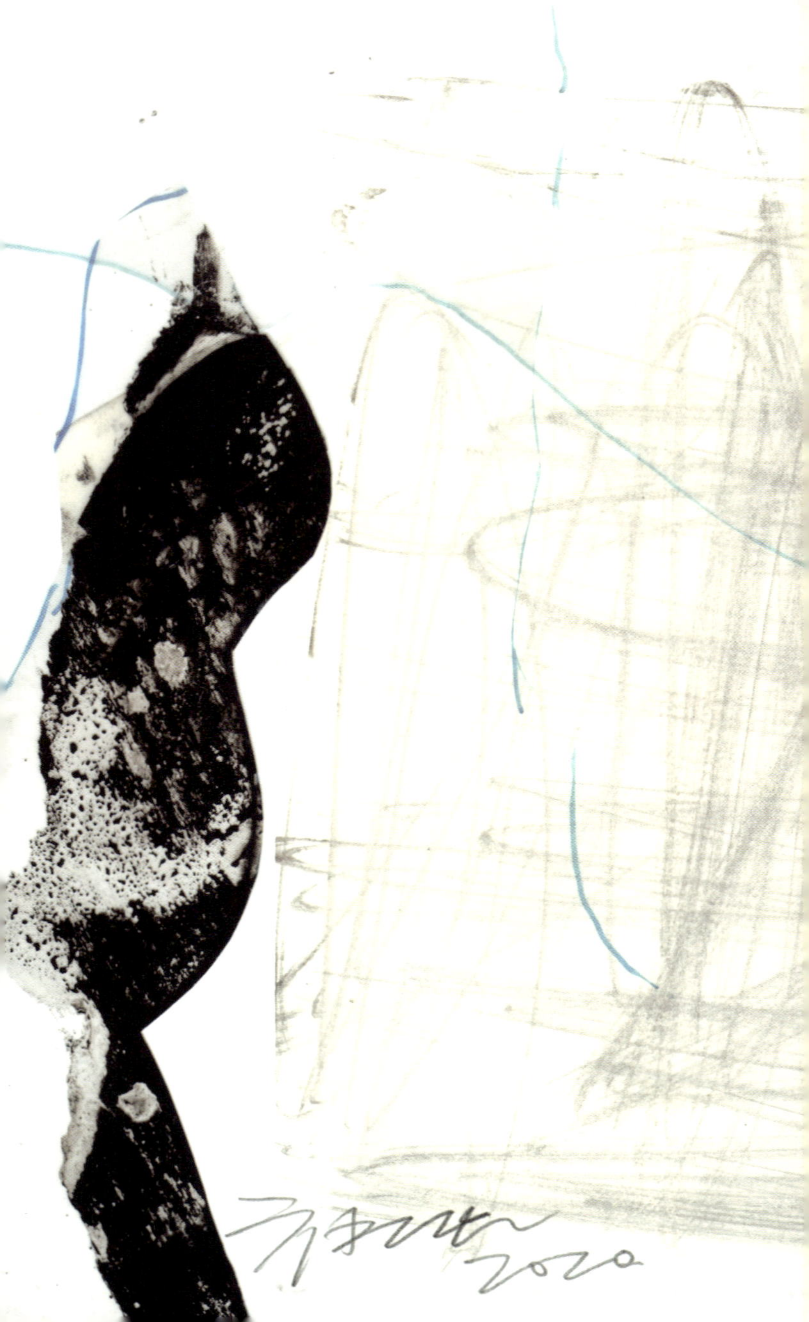
2020

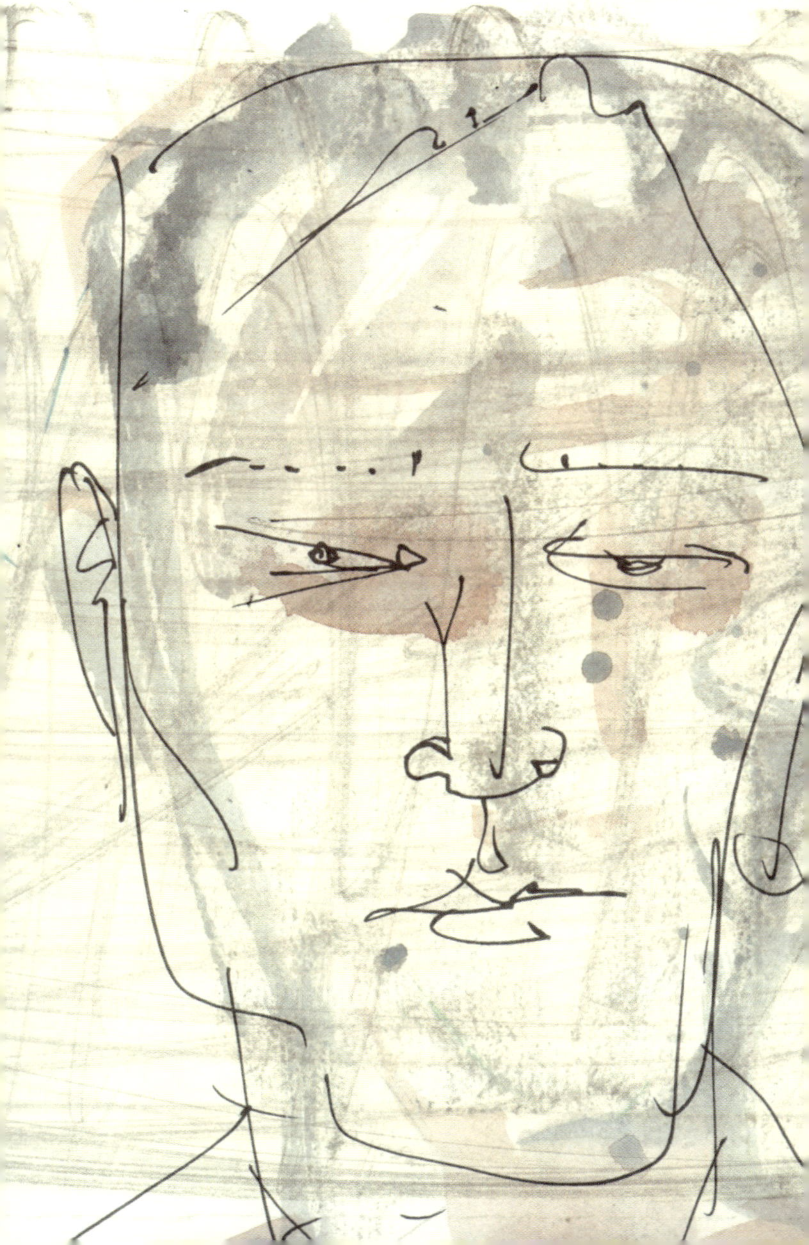

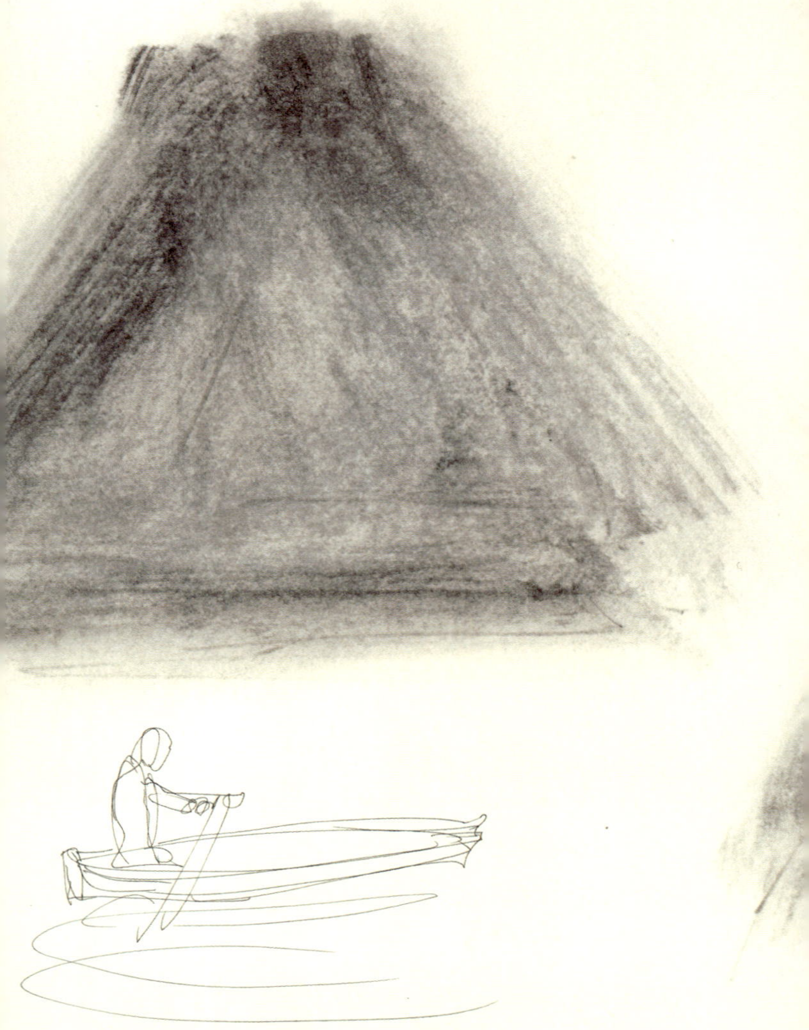

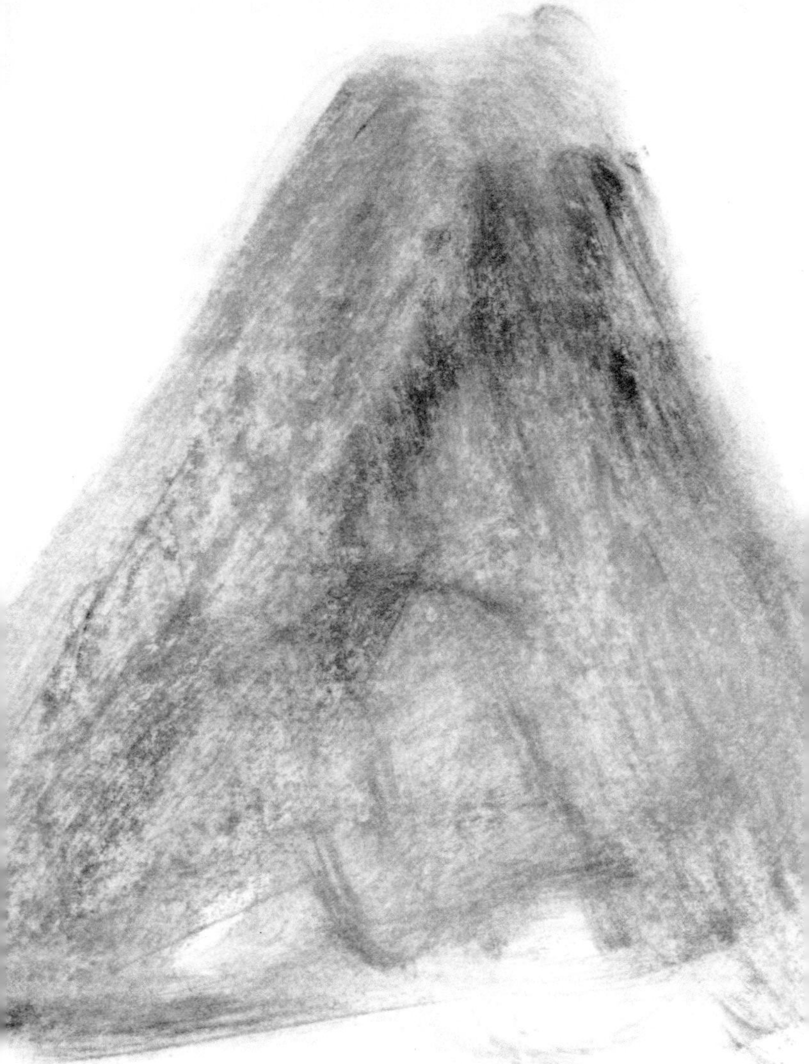

玛雅·安吉洛
Maya Angelou (1928-2014)

著名非裔诗人和作家,民权活动家,年轻时曾当过厨子、夜总会舞女、记者,后来成为一位成功的歌手、演员、剧作家和导演。1969年出版的自传《我知道笼中的鸟儿为何歌唱》最负盛名,其最有名的诗篇之一是《我依然站起来》。

回忆

给保罗

你的双手
轻重自如,挑逗着我头发里
筑巢的蜜蜂,你的微笑朝向
我倾斜的脸颊。当时机
到来,你降临
在我之上,闪闪发光,箭在
弦上,无解之谜强暴了
我的理智

当你撤回
你自身以及那魔幻之术,当
只有你的爱的气味
在我的乳房间
留连,那时,也只有
在那时,我才能贪婪地消受
你的存在

拒绝

亲爱的,
在哪个人生哪个国度
我曾领略你的嘴唇
你的双手
你果敢的笑声
豪放不羁。
那些我如此爱慕的
甜蜜的放纵。
谁又能保证
我们必将重逢,
在另外的哪个世界
某个日期不详的未来。
我抗拒自己身体的匆忙。
不给我再一次甜蜜重逢
的郑重承诺
我绝不会屈尊赴死。

达纳·乔亚

Dana Gioia (1950-)

毕业于斯坦福商学院,曾任职于通用食品公司管理层,2003—2008年以诗人身份主持美国国家艺术基金会;翻译过拉丁语、意大利语、德语和罗马尼亚语诗歌。其诗歌讲究形式上的工整,注重音韵和节奏。2015年成为加利福尼亚州桂冠诗人。

当我们说到爱

当我们说到爱时一开始总是很难。
我们搜寻那些久已遗失、未受玷污,
父母在家里相互间从来不轻易说出,
也未被电台滥用得一钱不值的字句。
但留给我们的却是如此绝无仅有。

于是,当说到爱时,我们选择了
那种生硬乏味,矢口否认的语言
因为我们只知道自己不想说什么,
而对谎言的恐惧更让我们宁愿沉默。
我们都确信无需言辞爱就已经存在。

但沉默本身也可能变作陈词滥调,
而身体也会像言辞那样善于撒谎,
于是我们一一说出对方抗拒过的
陈词滥调,唯独不提内心的欲望,
指望爱情会让套话再次变得天真。

我们的语言因此而变得七零八落？
"星星"从此不再真的指向星星？
借来的表白所要求的爱是如此纯洁
如此超出我们的能力，此时才明白
言辞只不过记录了我们的遗憾万千。

当我们终于再一次说到爱，
既然所有的话都已经说过，
便只能把自己的声音交给
那出卖了我们的过去。我们孤独，
被记忆困扰，有欲望伴随，

却没有语言能把我们的爱唤回。

夏日阵雨

我们站在租用的露台上
当婚庆还在室内进行。
新郎你大学时就认识。
而我是新娘的一位友人。

我们紧靠着身后的褐色石墙
以免淋湿了身上的礼服
抬头看突如其来的夏日阵雨
在天际被映得轮廓鲜明。

那雨水就像是一帘瀑布
用晶莹的光的珠子织成,
清凉无声好似天上星辰
虽然雨云已把夜空遮蔽。

我很惊讶,当你挽起我的手臂——
为何这样你并没有解释——

于是我们低声说话,仿佛两人
可以模仿那淅淅的雨声。

然后阵雨忽地退去
正如来时那样匆匆。
身后的房门一一打开。
女主人喊着你的名字。

我看着你加入人群,
孤高但也彬彬有礼。
我们再也没有交谈
除了最后互道晚安。

为何那个傍晚的记忆
随着今夜的阵雨返回——
二十年前的一场婚宴,
留下的失望余温依旧?

如此多的"曾经可以这样",
"如此便怎样"都不肯安稳埋藏,

别处的城市,别样的工作,
还有本来可以结为夫妻的陌生人。

而记忆总是热衷于怀念
它从来没有去过的地方,
似乎只要有所不同
人生就会幸福许多。

疯子，恋人，和诗人

我们所讲的故事可以有真有假，
但真假并非关键。我们用言辞
把自己的存在编织得有条不紊，
讲得好的故事会说明我们是谁。
也许正是语言把我们召唤出来。
而故事总比讲故事的人更加聪明。
我们除了衣着并没有赤裸的真相。

那么就让我把这个故事带到床头。
这个世界，我说，离不开恋人们
每天晚上都说的魔咒，尽管他们
并不知晓手中的魔法。无论出于
天真或痛苦，同样的话必须说出。
不然天上狂奔的月亮将黯然失色。
夜晚将沉默。黎明的风也将消失。

即使我说错了，也不会差得太多。

我们知道我们的存在来自于触摸，
是欲念唤起灵魂并让其获得新生。
而爱的羞涩话语就在欲火中苏醒——
肌肤贴着肌肤，深更半夜的低语——
仿佛欲望的唯一目的
就是诉说其无穷无尽。

因此，我的爱，我们是两个疯子，
是天上默默无言的月亮的书记员，
睁眼躺着，无论是一起还是分离，
把每一次的抚摸或是揪心的思念
誊写到我们绵延、亲密的絮语里，
身体挨着身体，在夜色中袒露，
唯一的穿戴是相互倾吐的言语。

多年的婚姻

绝大多数事情都发生在言语之外。
嘴唇和手指形成的语汇
无法翻译成共通的语言。
我能辨认出你乌黑头发的浓香。
它让我兴奋不已,但我无法将其描述。
放在你腿上的手指碰到的不是皮肤——
而是**你的**皮肤,在我的触摸下发热。
你是我学会并熟记于心的一种语言。

你我亲密的方言将随着我们一起消失,
它仅有的两个使用者。但如此又怎样?
部落式的吟唱,围着火堆的舞蹈
完成的是我们最需要施展的法术。
时间也无法解破这个让我们结合的魔咒。
让年轻人炫耀他们的纵情狂欢吧。我们
把两个人的部落作为至上的秘密。
必将失去的我们从来就懂得珍惜。

达纳·乔亚

C. D. 莱特
C. D. Wright (1949-2016)

出生在美国南方的阿肯色州,后来在东北部的布朗大学任教多年,2004年获得麦克阿瑟奖。其诗歌有浓郁的南方色彩和社会关注,同时也有鲜明的实验性和先锋意识,以语言的跳跃和比喻的新奇隐晦而著称。

写在我们可以相互摧毁的时代之前夜

我们根本就动不了。谁都动不了。
把车窗摇下来
看能听到些什么。没有人受伤。他们
在修桥。一个妇女
举着牌子：工人在施工。收音机哑了。
一定是有人把附近这一片的天线
给拔了。三月六号，星期三：风驱赶着雾。
我们在讨论转移到另一个地方去……
直到情形好转……那里有昆虫
在各种旋花植物的穗里筑巢，清汤被汲取。
我们没有零钱。一块钱都没有。
过了桥就是隧道，然后
是收费站。我们觉得如此孤单，直想哭。
前面那对夫妻开始吞云吐雾。
他们的宝宝在婴儿椅里闹腾。
我们谈到去跟着
受到保护的生灵一起迁徙。

我们想跳起来或者往回走。已经

没有退路。我们会把

椅子和坛坛罐罐扔掉。帮黑色的莫丽鱼

找一个家。可以在一个古老的小镇

开有堞眼的城墙下租辆自行车。

在鹅卵石上哗啦哗啦地骑过,戴着公共医疗配备
   的眼镜

争论着托洛茨基。像三十年代的诗人那样。

但会有浓密的树荫,

地上铺满青苔,绿藻和蕨丛。

我会把双腿像一本书那样打开

让一束束柔软的光

降落在我们的书页,像通向

温室的门,仙人掌在里面开放。

我将像一本酒水单,一只青口贝那样打开,

像将要插上的翅膀,但不会摆动。

会在树林里分开我的两腿

让棕榈叶在我涂满树脂的四肢上

留下印记;把你的屁股磨得

像马臀一样光滑。也就是说,大千世界并不会消失。

书一样的礼物

罗德岛上

所有的

灯火都熄灭

人们纷纷躺到

床上

我仍然醒着

在读

在重读

盼望已久的

你的

散文般的

身体

震惊于

如此的饥饿。

C. D. 莱特

一体

必定是跟空气有关
　　跟光和泥土有关

水将从轻轻握成拳头的
　　手指间渗出

而木头栏杆又有何用
　　当吐着火舌的热风扑来

指出花间小径又有何用
　　如果盛糖的布袋空空如也

吹响单簧管又有何用
　　如果吹奏只是让人面目丑陋

因为必定就像风会吹开
　　众多的车门和储藏柜

小伙子们会带着蛋蛋四散走开

去拨开会阴处的草丛

而当他们来到那条小溪
　　会紧张地相互靠着

于是预防了所有的不可预料
　　于是在每一对皮肤之下

她会发现他那不可撼动的异样
　　于是在每一对皮肤之下

他会发现她的湿润,幽暗,和丰沃
　　因为必定是跟空气有关

跟光和泥土有关
　　轻轻地握在拳头里

水将会从手指间渗出
　　因为未知的事情必须永远未知

我知道这一点你也知道这一点
　　我肉之肉,我骨中骨

弗罗斯特·甘德

Forrest Gander (1956-)

大学时代的地质学专业对诗人的想象有着长远的影响；十分注重诗歌形式上的实验，视野开阔，积极地与不同的诗歌传统对话；翻译过众多的拉丁美洲诗人，包括聂鲁达和墨西哥诗人普拉·洛佩兹-科洛美。2019年获普利策诗歌奖。

周年

不要,不要为人所知,自始至终,
不要因为自己的伤疼而为人所知,

为此我把忧伤的幼虫埋好
跟着你走。把自己

像黄昏那样收拢
朝向你黑色郁金香般的乳头。(郁金香,郁金香)。

整整七天我们把房门锁上,
用飞鸟的血清洗房间。

于是有一个短短的时刻
在你喉咙升起的那片凹陷处

在你富丽的锁骨之间(升起,玫瑰),
我们唯一的情敌是音乐,

是骨白色的钢琴。
光并没有退去,

只是在往深处收缩。
那种赤裸裸的注视。

那一阵颤栗。

猫,单簧管,两个女人

我发出一封又一封的信
却不知道你的地址。
一屋一屋的灰尘

都写给了你,不假思索。
虽然你现在几乎只存在于想象之中。
我在世上的每一天

那条愚蠢的狗都在狂嚎。
但你的嗓音怎么啦。
随着你真实的声音一步步深入,
睡眠在我耳朵里生长
盖住你说过的旧话
就像日光下的飞蛾。

你裂变成两个
嗓音,一次平行的进化。

平行,但并不平等。

可我又怎么能抱怨
当有着你那样闻名遐迩的秀眉的女人
撩起她们大红的裙子
终夜随着西班牙响板
在我痛苦的屋顶跳舞。
我无法抱怨
除非她们是一场大雨。

我想起所有那些
在给出去之际
就会被还回来的东西。
比如揉背,性高潮,
一首辞世诗。

墓志铭

写下"你
曾使我存在"
将不仅仅只是
一句失聪的译文。

因为并没有什么
下文来承接那一段
当我看到——"你
再也不会
如此袒露"——你在看着我
"我再也不会
袒露如此。"

我站在这里
在荣耀的
宝座前,文字
必须藏而不露。藏身何处,

除了在倾吐的语句之中?

出生时便既瘸

又瞎,被各种义务

团团围住,也意识到

内心深处的动物

目光炯炯,我

藏身在林林总总的

工具理性之后

就像藏身在一片

鳄鱼的鳞甲之后——

此时氰化物正从

云层漂浮到

河流上。而这其中

也可以看到

人类的

一个形状,

我们共同的生存中

又一个亲密得

足以致命的姿势。

尽管我也把生命
磨损至死亡,
我带来的丑陋
却比我存活得更久。

火后森林

没有树冠的影子叠着影子,
碳化的树干和横枝排成
方阵,内在的动力已熔断。
清晨,它们环绕着我们
就像火成岩形成的柱子,像失语的先知
在领读"鼓起勇气"篇,像漫长的
屠宰之后留下的渣滓。唯一游动的
是比幽灵还要缥缈的
薄雾,从一层层被火烧焦
被雨打湿、带着菌丝的土壤升起。
残留的森林以感叹的语气
存在。一句句烧成灰烬的
表达,这种语言里
所有的微不足道都已经蒸发,
所有的微不足道都付之一炬。附近山头
处处残桩都是黑色的痉挛,
中间一个空隙,让我们认出

熟悉的太阳，球形的液化玻璃
悬在吹气管口。如果这是
梦中景象，那它必须把自己梦醒。

你对幸福，人人都说，有一种
罕见的天赋。该怎样
将其评估，当我走过这遍地残骸。
第二天，一只黑背的
啄木鸟回应了你的呼唤，可我们
一直搜寻到黄昏都没有把它找到。

丽塔·达夫
Rita Dove (1952-)

1987年获得普利策诗歌奖,1993—1995年成为第一个获得美国桂冠诗人荣誉的非裔诗人,2019年获华莱士·史蒂文斯奖。诗歌题材广泛,写历史也写自我,不拘一格。也是训练有素的大提琴手,不仅把音乐形式带进诗歌创作,状写音乐,也写作歌词。

调情

其实,开始的时候
并没有必要

说什么。一只橘子,去皮,
分成四瓣,盛开着

就像威治伍德瓷盘上的一朵水仙
什么都可能发生。

窗外的太阳
已经卷起了她的挂毯

夜色在天空中
洒满了盐。我的心

哼着一首曲子
多少年都没有听过!

宁静犹如清爽的果肉——
先闻一下再吞食吧。

有不同的方法
把此时此刻变作

一个盆景花园
而乐趣便在于

从中走过。

心告诉心

它既不是红色
也不甜蜜。
不会融化
也不会转身,
不会破碎或变硬,
因此它感觉不到
痛苦,
渴求,
悔恨。

它没有
可以借以旋转的尖顶,
甚至都没有什么
形状——
只是厚厚的一坨
肌肉,
还不对称,

沉默不语。但是,
我能感到它
在笼子里发出
闷闷的鼓声:
我要,我要——

可我无法打开它:
因为没有钥匙。
无法向众人
公开炫耀它,
也不能从它的最深处
来告诉你
我的感情。拿去吧,
都是你的,此时此刻——
可你也必须
同时接受
我。

舒适的辩白

给弗雷德

任何一件东西都会让我想起你——
这盏灯,这静静飘下的雨,从我的笔尖流出的
光亮的蓝,留在纸上,干了便不再发光。
我可以选择任何一位英雄,任何一个理想或时代
然后,就像跨骑在花斑马背上,
两腿夹紧,踩着银色的马镫站立起来
把一支支箭射向心脏那样确切可靠——
你总是会在那里,眉头紧锁
身上的链甲闪闪发光,来把我解救:
一只眼睛微笑着,另一只紧盯着敌人。

这个后现代之后的时代全是生意经:各种光盘
和传真,一次"现在就做不要冒险"的
事件。一场飓风今天正沿着海岸逼近,
代号居然是男性:大坏蛋弗罗德,带来了一群
白日梦:少年时代痴迷于
一无可取的男孩的尴尬记忆,

丽塔·达夫

他们唯一的才能就是把你亲得不省人事。
还都有女孩子气的名字——玛瑟尔,珀西,杜侬;
像甘草糖一样瘦长但又嚼不动,
甜可是内心却又暗又空。弗罗德

正在大肆咆哮。你的护身掩体是
艾黎牌内衣,我也栖居在我的艾黎内衣里
(两张配套的书桌,两台电脑,硬木地板):
我们心满意足,但还说不上神圣。
尽管如此,还是不好意思,有这般的幸福——
谁会仅仅满足于那些有益于己的事,
家常便饭又何曾成为过新闻?
可是,因为没有任何其他的事情可以
让我躲开忧郁(称之为布鲁斯蓝调吧),
我用你来把这偷来的时光填充。

艾伦·巴斯
Ellen Bass (1947-)

大学时代曾师从诗人安妮·塞克斯顿，1973年出版第一本诗集；长期致力于帮助性侵受害者，为其提供心理辅导，2013—2014年间在加利福尼亚州的监狱系统创办诗歌工作坊；其诗作的一大主题是女性间的爱恋和欲望。

一篮无花果

向我敞开你心里的疼吧,亲爱的。把它
像精致的小地毯,像绸质饰带那样铺开,
像从粗麻布袋里掏出的热鸡蛋,桂皮香料,
和丁香花那样。把所有的细节

都展示给我吧,领子处精美的
绣花图案,细小的贝壳扣,
缝好的褶边,就像你学会的那样,
只挑出了一根线,几乎看不见。

像解开首饰那样解开它吧,金子
仍然带着你的体温。把你篮子里的
无花果倾倒出来。把酒洒出来。

那一块硬硬的疼,我会用嘴来吮吸,
我的舌尖摇篮一样围抱着它
就像一粒滑溜的石榴籽。我会

小心翼翼地拎起它,像一只大动物
张开秘密洞穴般的嘴
叼起一只小动物。

小小国度

苏格兰语里的 *tartle*,我觉得,真是绝无仅有,形容
你介绍某人时因为忘了他的名字而迟疑无措。

又有哪个字能替代 *cafuné*,说葡萄牙语的巴西人用它来
描写你的手指,温柔地,从某人的头发里捋过?

所有的语言里,有没有一个词,意为选择做一个
幸福的人?

而我们包在自己锯末屑一样的内心里的冰块,描
写它的语言又在哪里?

什么样的说法,可以唤起初夏熬果酱时
弥漫在空气中的杏子的味道?

什么词语可以接近昨晚我对你的抚摸——
仿佛我从来没有见识过女人——像一个勘探者，
兴致勃勃地去发现每一个特殊的
褶皱和洼地，不需要任何向导，
甚至不需要我自己的身体这面镜子。

昨晚你说你喜欢我的眉毛。
你说从前并没有真正留意到它们。
什么样的词可以把这种新鲜感
和此前错过的遗憾揉合在一起。

又怎么解释，连抚摸对我们俩的意义都不一样，
即使是在这个由我们的床所构成的小小国度里，
即使是使用只有我们两人将其作为母语的语言。

婚姻

当你,一场大病之后,终于把全身
压在我身上躺下,这不就像
那重叠的地层,时间的压力
施加于沙砾,泥土,贝壳碎片,所有的
岁月,无以计数的醒来和睡去,
无法入眠的夜晚,争吵,平淡的午间
空洞的谈话,那些短暂的
火花四溅的跌落,那些低头吃草的动物
没有自我意识的沉默,流动着的
水,风,和冰把分分秒秒带走,留下
把沉淀物凝结成岩石的矿物质。
怎样才能承受这份重量,当每一片
细小的骨头都被压在里面。然后,一旦重量消失
又如何承受,就像一个
脖子被铜环紧箍的女人
没有支撑就无法把脖子伸直。啊,爱,
它是香脂,也是封印。它把我们紧紧绑在一起

就像兔子和它的皮毛。
当你剥皮的时候，先抓住划开口的
兔皮的边角，再把那光亮的薄膜
撕开，里面的肉体温热而软和。如果可能，
你会爬进那湿润、油亮的兔皮
把它披在背上。这一切都不像
婚礼那样精致洁白，如花似锦，
不像香槟酒耀眼的泡沫
从瓶嘴汩汩涌出。这种铭心刻骨
血淋淋的结合是爱，但也
超出了爱。超出了魅力和愉悦
正如你对自己不会讲究魅力和愉悦。
这是剥去了外壳的爱的肉身，是爱带来的
背街小巷和玻璃碎片，从爱的枝头扯落的花瓣，
是让人晕眩的嘶哑的哭喊，无法排遣的饥饿。

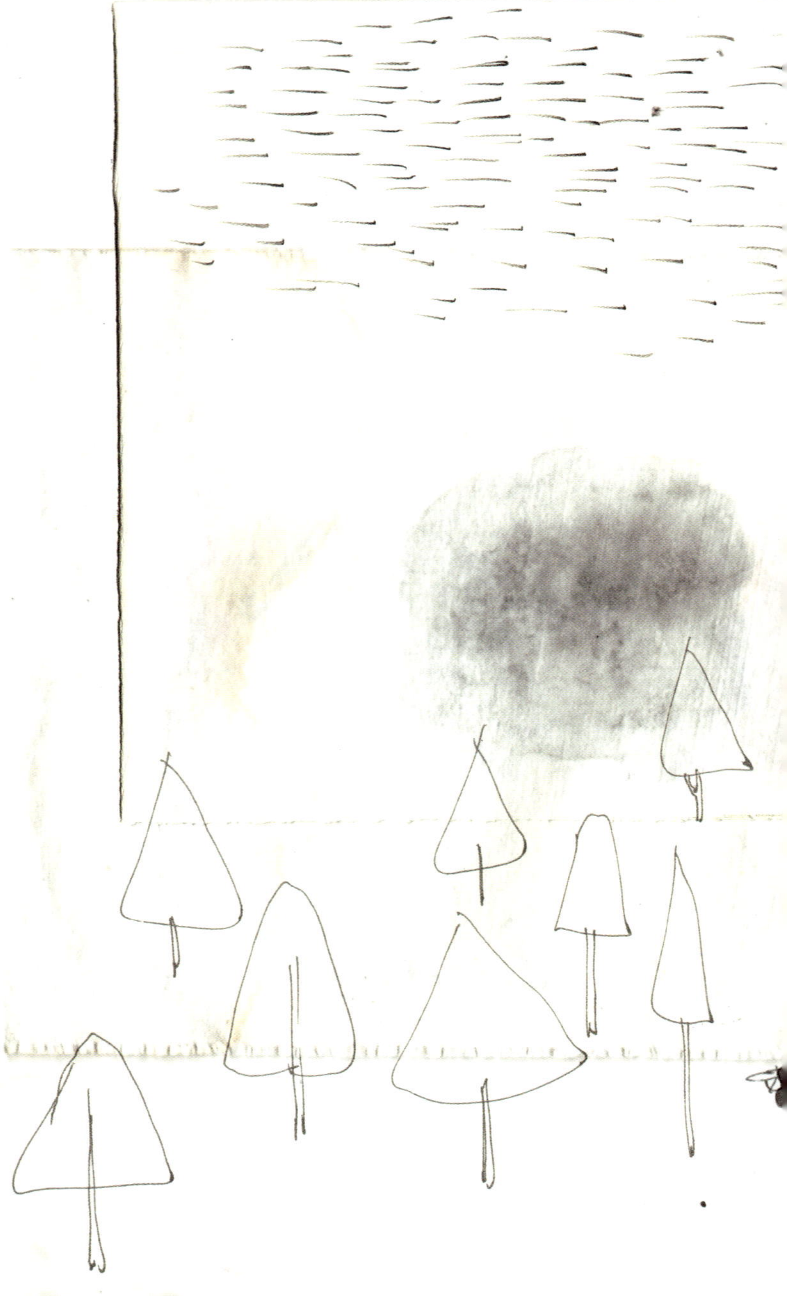

2020.7

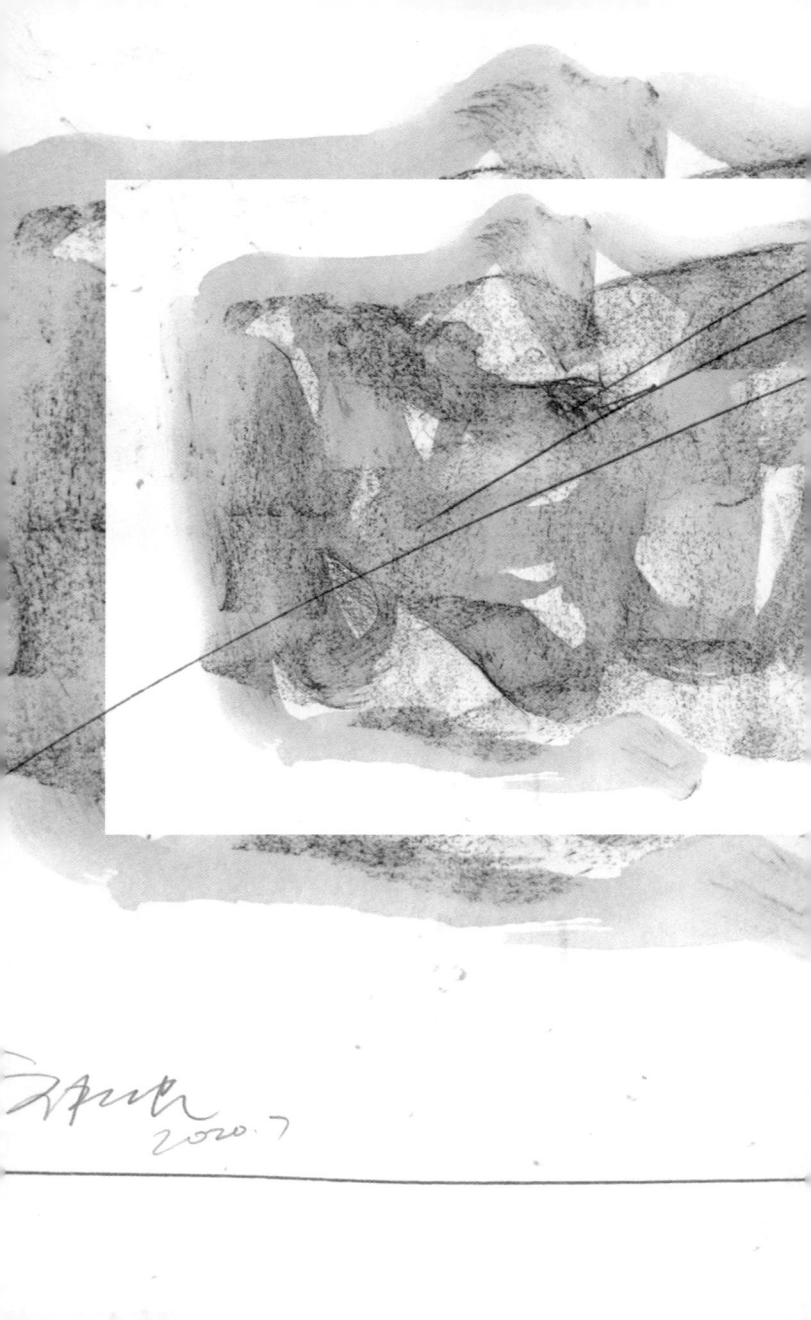

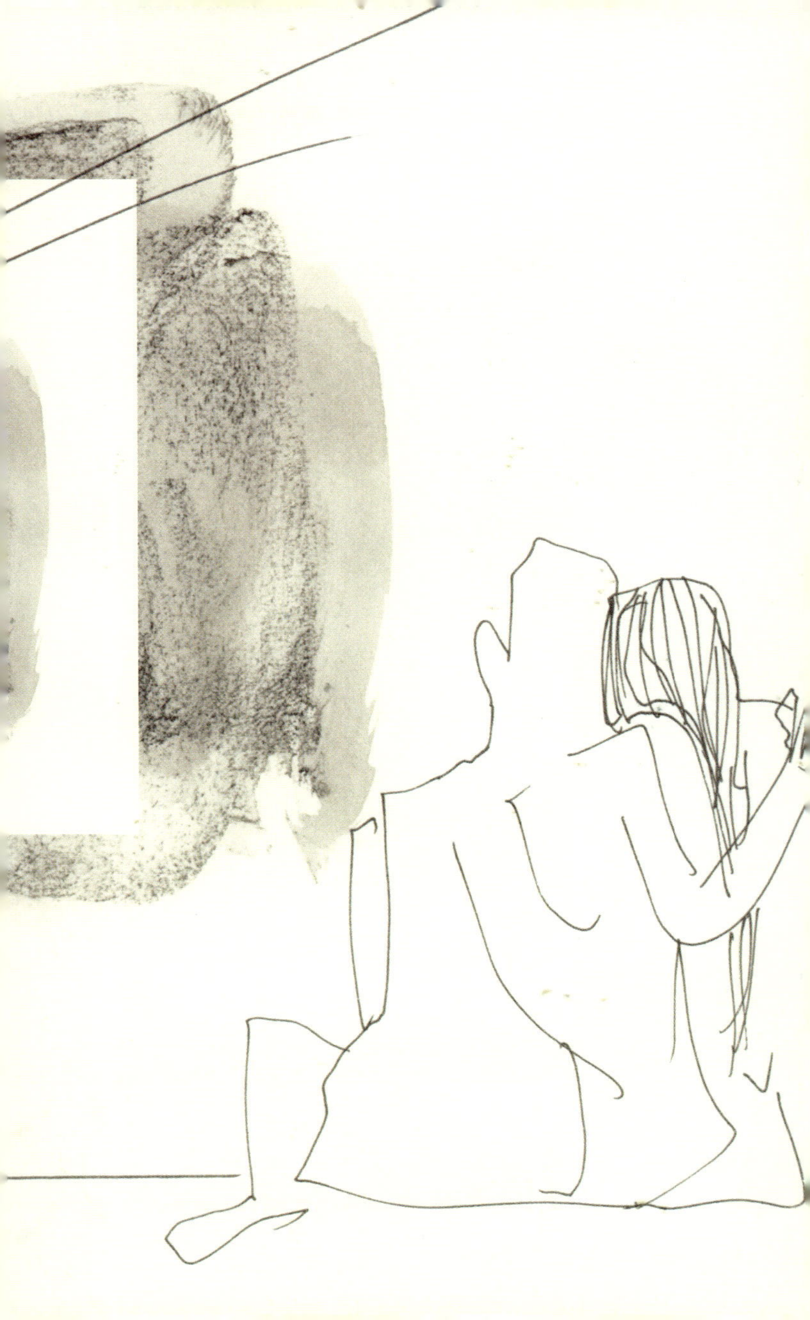

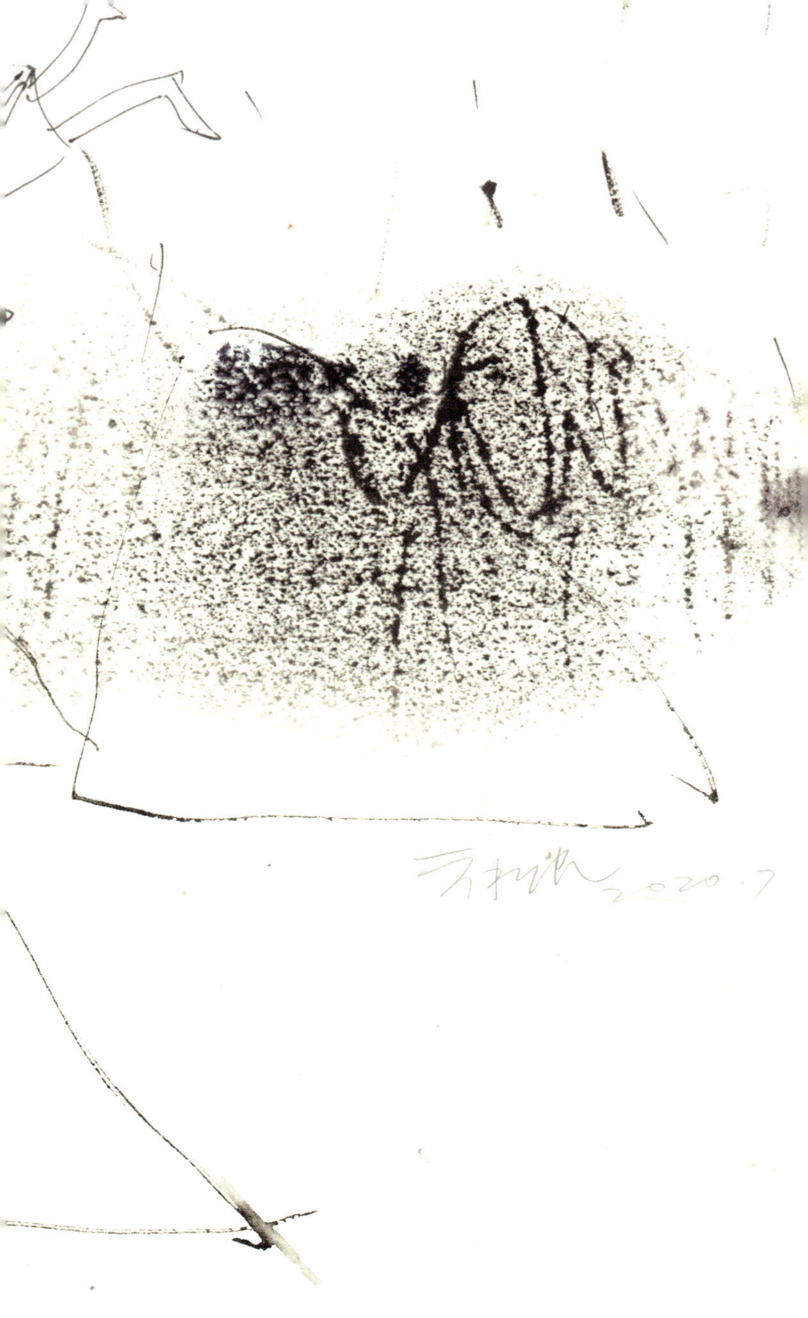
2020.7

琳达·帕斯坦
Linda Pastan (1932-)

年近四十岁时出版第一本诗集,其后不断的诗歌创作多以婚姻、家庭生活、个人成长以及悼亡伤痛为题材,以平和的口吻描写日常生活表象之下流涌的焦虑和痛楚。1991—1995年间成为马里兰州桂冠诗人。

提前到来的来世

……一个明智的人,会在
和平时期为战争做必要的准备。
—— 贺拉斯

那我们不如现在就说再见吧
当我们还误以为自己健康无比
趁所有将要发生的事情
还没有发生。我们可以把离别做得十全十美,
就像电影《海滨》里的人物
在原子弹阴影的笼罩下
相互道别,而我们坐在那里看着,
仍然年轻,在电影院里总是手拉着手。
我们可以使用那些充满爱意
否则就很可能没时间说的字眼。
我们可以拥抱好几个小时
恰如最完美的一次彩排。

然后我们就可以继续下去
管它还剩下多少年。
下面将要发生的那些破事——
动脉血管堵塞得就像积满了淤泥的河道
或者是猖狂的细胞把我们扫地出门——
这些都将是我们人生的后话
都将变得无关紧要。我们可以尽情享受
提前到来的来世，那些平凡的日子，
不会受到恶劣气候的干扰
因为早就有了预报。
没有什么能伤到我们。我们从此
再也不需要说再见。

有义务觉得幸福

它比各种美的礼仪
或者是家务事
都要繁重苛刻,比爱还艰难。
但你很轻巧地指望我如此,
就像你期待着太阳
照常升起,无论风雨和乌云
或恰恰是因为刮风下雨。

于是我微笑,似乎我对哀伤的
忠贞是个隐秘的恶习——
我往下拉着的嘴角,
还有我多年的疑虑,觉得
健康和爱情都是短暂的旁枝末节,
无异于温暖暗夜中发出的笑声
凌晨一到就被窒灭。

幸福。我再一次试图

用我狭窄的肩膀把它扛起——

一个装满金币的沉重包裹。

我在房子里跌跌撞撞，

四处碰壁。

唯有点石成金的迈达斯（Midas）

才会懂得。

留言机

我拨通电话听到你
留言机里的录音
在你死去几星期之后,
雏形初具的鬼魂依然渴望
来自人间的留言。

是否留言,告诉你
我们俩各自人生织成的网
以前也曾破裂过
但这次忽如其来的撕裂
将不会很快或者轻易地缝合?

你那空下去的屋子里,有人
在卷起地毯,把书打包,
坐在你的古董餐桌旁喝咖啡,
听着留言机里的
各条留言,你特有的音质

幽灵般出没于那部机器，
比照片或者指纹都更加
可感可触。在这个没有了你的
第一个秋天的第一天，
我羞愧难当也想竭力忍住

但还是无法抵挡，又拨打了
那个熟记于心的电话号码，
感激这个黯然失色的世界里
还有机器施予意外的慈悲，
听完之后，挂上电话。

亨利·科尔

Henri Cole (1956-)

出生于日本福冈，曾在美国多所大学和文理学院任教，哈罗德·布鲁姆曾称其为美国最好的诗人；追求诗歌风格的简约辛辣，聚焦于日常经验与狂欢状态之间的张力和启示。诗人相信每天的写作都是面对自己，克服对未知的恐惧，把语言组装成诗行。

引力与中心

很遗憾我无法说我爱你当你说
你爱我。这几个字,就像湿润的手指,
把诸多期许带到我面前随后又跑掉,
跑到一间狭窄而且总是幽暗无光的黑屋子里,
无声地,优雅地,像古色古香的金子那样,
吞食着我的感觉。我要相互吸引的力量
彻底击垮相互排斥的力量
要我内在与外在的两个世界相互
刺破穿透,像一匹被人抽打的马。
我不要字词把我与现实割裂开来。
我不想自己需要它们。除了感情
我不要其他东西来揭示感情——正如身处自由,
正如知道彼岸的世界里有着和平,
正如把水倒进碗里的声音。

罂粟花

从昏迷般的沉睡中醒来,我看到罂粟花,
她们软弱无力的花茎和松散的美。
且慢,我想,要说真心话:此时是黑夜,
我想亲你的嘴唇,仍然柔软的嘴唇,
但里面的水分都已经换成了
用来防腐的化合物。于是我愤怒。
我喜爱那些罂粟花,她们开朗的容颜,
亭亭玉立的风姿,向我招徕
而不是把我推开。进去跟出来之路
其实是一样的:情感将思绪打断,
如此地接近上帝,分离的痛苦。
我喜爱那些罂粟花,她们舒缓的存在,
一如悲伤和命运,但有节制也有仪式。
你的头发又黑又卷;我把它们梳好。

眼睛泛红的自画像

我们十一年的恋情,自始至终
都沉湎在那极乐向死的行为
如今我——作为爱来回想,包括
随后在漫长、深沉的睡眠里的滑行,
睡眠中,记忆,作为一切事物的动力
便会自行组合还原,除此之外,
我对卧室的生活毫无兴趣。

不断擦除的手,写下的东西才真实,
我正致力于此。我曾经热爱生活
可现在知道这是一个弱点。我曾喜欢每天
都会在我们身上发生的小小的生和死。
甚至连你明亮的牙齿上的白色口水
都曾是爱的泡沫,向我说明:归根结底,
不能说,你从来没有被人爱过。

杜丽安·洛

Dorianne Laux (1952-)

一位同龄诗人曾这样评论道：杜丽安·洛的诗"展现出的是一位成熟的美国妇女，用清醒、充满热情和爱怜的目光，观察着人生的各个阶段，从母爱及其职责、工作中的人生，到姐妹间的情谊，尤其是性爱，并对这一切都进行赞颂"。

小偷

怎么总是这样,当你穿着运动裤的男人
坐在地板上,一个刚刚开始的项目
像个小小世界在他面前摊开,地图
和照片,示意图和计划表,所有
他希望搭建、发明或者创造的东西都在那里,
而你相信他,从来就坚信不疑,
甚至在你放下手中的咖啡
向他挪过去,走到他坐着的地方
他还是毫无知觉、聚精会神地
坐在一片太阳光里——
你跨过地上的直尺和蓝色坐标纸
在他身后蹲下,他似乎注意到了,
尽管你仍然穿着睡袍
你伸手抱住他的胸
睡袍也就跟着裂开一条缝,你慢慢摸向
他圆圆的粉色乳头,他缓缓跳动的
心脏,你把耳朵贴在他的后背

去听什么——而你觉得纠结，

不想打断他在做的事情

但又无法让自己的手指停下来

不伸到他裤子的开口里去，

你再次因为怜爱而感到纠结

因为他的肉体在不自愿地

向着你半握的手掌膨胀，向着光亮生长，

仿佛是你种下的，这甜甜的根，

而你的嘴早已回应着这根的形状——

你把舌头滑进他的耳朵

他听到你在召唤他起身

放下手头的工作，放下打乱了的思绪，

走进你注定要带他前往的

无形之域，经过骨头的桥梁，走出

皮肤的边界，沿着他攀爬而上

进入身体的世界，由梯子和楼梯

搭成的身体的迷宫——而你爱他，

心里怀着同等程度的期待

恐慌和赞美，你将把他

带到肉体柔软的几何空间里，带到

还没有人行道和城市
没有闪光的教堂尖顶的大地之中,
把他从他喜爱的那个世界里偷出来
带向另外一个、没有你他便无法建造的世界。

亲密至此

我们躺在房间里，灯光
把拉拢的窗帘染成黄色。
我们浑身是汗地拉扯着对方，用手指
在滑溜的梯子般的肋骨上攀爬。
身体碰触之处，肌肤
便生机勃勃。情欲和需求，犹如无形的
动物，啃咬我的乳房，你的大腿
的柔软内侧。我想要的
就可以直接伸手获取，此时不是美食，
而是我一把把贪婪吞食的
深色的人肉面包。眼睛，手指，嘴巴，
甜美的蚂蝗般的欲望。疯狂的女人，
满脑子嗡嗡的蜜蜂，瞧她的手掌如何卷曲成
拳头，把枕头捶得晕头转向。
而当我的身体终于把自己交出
然后撤回，上面汗水横流，
最后的隐疼让它像弓一样弯曲，我是

如此感恩,愿意把一切,一切都交给你。
如果我爱你,如此的亲密将置我于死地。

事后

当我们肩并着肩坐在
未加整理的床沿
失神地看着自己的膝盖,双脚,
衣服搁浅在地板中央
像小小的、揉皱了的岛屿,
你用双臂抱住我的肩
那个姿势通常是
同性之间才有的——两个平等的人,
两个朋友之间,就像我们
共同完成了一件事,
比如说爬山或是粉刷房子,
你的手停放在我
弧形的肩胛骨上,我亢奋的乳头
松软下来并且入睡。
脱去了渴求和野性的我们,坐在那里
一丝不挂,筋疲力尽,惺惺相惜
四周的宁静光滑无痕,全然不知

我们说过的话,做过的事,
我们的呼吸放缓,头斜过来
靠着对方的头顶,
就像两个孩子
懒洋洋地坐在阳光下的小码头上,四条腿
在明亮的水面摆动,
相互爱慕着对方的倒影。

马克·斯特兰德
Mark Strand (1934-2014)

出生于加拿大,年轻时曾学习绘画,1990—1991年度美国桂冠诗人,2004年获华莱士·史蒂文斯奖;也写作散文,做翻译和艺术评论;诗歌语言精炼,意象鲜明奇特,气势宏大,反复咀嚼存在与消失、真实与虚空、自我与他人等主题。

冬日诗行

致罗斯·克劳斯

告诉你自己
当天气变冷,灰暗从天而降
你会一直
走下去,还会听到
同一个曲子,无论你
走到哪里——
无论是在黑暗的穹顶之下
还是在积雪的山谷
白得刺眼的月光之中。
今晚,当天气变冷
告诉你自己
你知道的一切,也即一无所知
除了你的骨头在哼吟的那首曲子
当你继续前行。终于有一次
你能够躺下
头顶是冬夜星辰微弱的火花。
如果事已至此你无法

继续或是返回
而是发现自己来到了
最终歇息的地方,
当最后的寒意流过四肢
告诉你自己
你爱自己的一切。

光的来临

即使这么晚了也会发生:
爱的来临,光的来临。
你醒来,蜡烛便仿佛自动点燃,
群星聚拢,梦朝着你的枕头倾泻,
气流溅起像温暖的花束。
即使这么晚了全身的骨头仍然发光
明日的尘埃焰火般绽放成呼吸。

黑色的海

一个清澈的夜,当别人都在酣睡,我
踩着楼梯爬上屋顶,来到布满星辰的
天空下眺望大海,看它的辽阔无垠,
滚滚而来的浪尖在风里聚拢,变作
抛向空中的点点蕾丝。我站在漫长、
喃喃的夜里,等待着什么,某个征兆,等待
光从远方降临,我想象你一步步走近,
波浪似的黑发与海水浑然一体,
于是暗夜变作欲望,欲望变作来临的光。
你如此地贴近,你片刻的体温,伴随我
独自站在高处看海水缓缓地膨胀升起
在岸边击碎,化作瞬间的玻璃,然后散去……
为何我相信你会凭空而来?为何你会
不顾世间所有的呈献而来,仅仅因为我在这里?

失误

我们顶着零散的星光顺流漂下
然后沉睡到太阳升起。当我们来到首都,
眼前已是一片废墟,于是找来一些桌椅
生起一堆大火。火势如此的猛烈
连天上的鸟都燃烧起来,带着火苗坠落。
我们吃下这些鸟,然后徒步走进一些地段
那里海水凝固,遍地散落着
月球一样的磐石。假若当初我们停了下来,
转过身,回到最初出发的花园,
尽管那里花缸破裂,烂叶成堆,假若我们
那时坐下来抬头看那房子,哪怕只看见日光
在一扇扇窗户上流逝,也就
足矣,哪怕风在哭号云朵朝着大海飞奔
像一张张空无一字的书页。

露易丝·格吕克
Louise Glück (1943-2023)

曾被誉为"当下最纯正,也最有成就的抒情诗人之一",2003—2004年度美国桂冠诗人,2020年诺贝尔文学奖获得者;作品丰富,形式多变,语言精确而沉郁,反复探讨爱恋、离异、死亡、孤独等生存考验,常常用现代人的经验重写希腊罗马的神话和史诗,独树一帜。

尘世的爱

是那个时代的习俗
把他们维系在一起。
在那段(很长的)
时间里
一旦把心无偿地交给对方
就会被要求,以明确的姿态,
放弃自由:这种奉献
让人动容也是令人绝望的劫数。

至于我们自己:
多么幸运,我们得以抛开
这些要求,
当我的生活忽然破碎时
就这样提醒过自己。
因此我们长久以来所经历的
都是,或多或少,
心甘情愿的,直面生活的。

只是过了很久以后
我才另有所思。

我们都是人 ——
我们都尽量
保护自己
甚至不惜回避
事情的真相，不惜
自我欺骗。正如
我刚才提到的那种奉献。

可是，即使是这种自欺，
也见到过真正的幸福。
所以我想我会
原封不动地重复这些错误。
我也不觉得真的
就有必要去弄清楚
这种幸福是否
建立在幻觉之上：
它有其自身的真实。
而无论哪种情形，迟早都会结束。

不朽的爱

像一扇门
身体打开来
灵魂朝外看。
起初有些腼腆,然后
不那么腼腆了
直至觉得安全。
然后便带着饥饿出去冒险。
然后是无法饱足的饥饿,
然后是接受任何
欲望的邀约。

荒淫的人啊,现在你又如何
找到上帝?你将如何
确认神的所在?
早在花园里就告诉过你
要活在身体的里边,而不是
外边,要跟身体一起受难

如果那是必须的选择。
假若每个地方你都是
来去匆匆,总是不在
他给你的家园里久留,
上帝又将如何找到你?

难道你觉得
你并没有家园,因为上帝
从来就不曾打算容纳你?

静夜

你牵起我的手,于是危机四伏的森林里
只剩下我们俩。几乎是转瞬之间

房子里只有你和我;儿子诺亚
已经长大并且搬离;铁线莲十年之后
忽然开出白色的花。

我深爱我们一起相处的这些夜晚,
胜过世上所有的一切,
夏日里静谧的夜晚,天空此时依然发亮。

当珀涅罗珀牵起奥德修斯的手,
并不是不让他走,而是要把
这份安宁压印在他的记忆里:

从今往后,你穿行而过的所有寂寥
都是我的声音在追赶着你。

罗伯特·克里利

Robert Creeley (1926-2005)

1950年代南方"黑山派诗歌"的重要成员，活跃于旧金山地区，与"垮掉的一代"关系密切，公认为是二十世纪最有影响的美国诗人之一。诗歌以言辞简洁、情绪饱满著称，关注点从大的传统和历史叙事转移到个体的生存体验。

爱

有些字丰腴而性感
正如潮润,
温暖的
肉体。

他们可感可触,讲述着
生而为人可以有
怎样的慰藉,
怎样的温馨。

不说出这些字
会使所有的欲望
甚至其最终的泯灭
都变得抽象。

布列松的电影

罗伯特·布列松的
一部电影里有一条小船,
泊在黄昏的塞纳河上,
灯都亮着,附近的桥上

两个年轻人,似乎
身无分文,在看着小船,
他们是这个故事中典型的
男女朋友,他们的故事

谁都会讲。于是
很自然,岁月流逝,只是
我曾很认同那个年轻的、
一腔怨恨的法国男子,

懂得他那几乎是自鸣得意的
痛苦以及他觉察到的
自己与女友间的距离。

但布列松还有

另外一部电影,
年迈的骑士兰斯洛特
穿着别扭的盔甲
站在一片树林里,树都很矮小,

他和他的坐骑,神情茫然,
鲜血淋漓,
挣扎着想回到
城堡里去,一个

并不算大的城堡。这场面
打动了我,看到
人生也就不过
如此。你坠入

爱河。你站在
树林里,牵着
一匹马,鲜血淋漓。
这是个真实的故事。

老年歌

我感觉还可以,就一些小事而言。
我跋涉至此,不可能转身就消失。
我但愿能够在此多停留一些时日。

此时的经历不应该无非只是更多
将要失去的东西。倘若不匆忙赶到那里
剩下的时间还可以有更多的事情发生。

还有什么可说的?你的眼睛,头发,微笑,和身体
清甜得就像新鲜空气,明朗的早晨里你的声音
当我们度过又一个夜晚,**又一个夜晚**,躺在一起,
   酣睡?

如果这也得消失,那就从来都不曾有过。
如果知道你仍在这里,那么我也就在这里
继续爱你,**继续爱你**。

罗伯特·克里利

尼基·乔万尼
Nikki Giovanni (1943-)

1968年在纽约开始文学生涯,成为当时兴起的黑人艺术运动的积极分子,被称作"黑人革命之诗人";著述丰富,兴趣广泛,1997年出版的《情诗》与2009年的《自行车:情诗》广受读者欢迎;2017年被授予玛雅·安吉洛终身成就奖。

我写了一个好吃的煎蛋卷

我写了一个好吃的煎蛋卷……还吃了一首热乎乎的诗……
在爱上你之后

给车扣好扣子……把大衣开回家……在雨中……
在爱上你之后

红灯时我走……绿灯时停下……漂浮在恍惚之间……
在这里也在那里……
在爱上你之后

我把床铺卷起……把头发调低……有点迷糊但……我不管……
把牙齿铺开……用漱口液漱睡衣……然后我站起来……再把自己躺平……去睡觉……
在爱上你之后

诱惑

有那么一天
你会走进这个屋子
于是我会披上非洲式
长袍
你会坐下然后开口说"这场黑人的……"
于是我会伸出一只胳膊
而你——根本就没留意我——会说"那
这位兄弟呢……"
于是我会低头把长袍一举脱下
于是你会喋喋不休地大谈"这场革命……"
这时我把你的手放在我的腹部
你还是滔滔不绝——你从来就是如此——说道
"我实在是不懂……"
这时我把你的手上下移动
然后会把你的达西基衬衫褪下
这时你会说"我们真正需要的是……"
于是我会舔你的胳膊

于是"在我看我们应该……"

于是解开你的裤子

"那这个情况怎么办……"

于是脱掉你的短裤

这时你会注意到

自己一丝不挂

于是我知道你只会说

"尼基,

这不很反革命吗……?"

我也与之无异

隔三差五地
我们都会爱上
一个完全不该爱上的
人

我也与之无异

你隐约地注意到某人
但不想去理会
他手上的戒指
也并不真的留意他眼里
似乎是快乐的眼神

但你立刻
就知道
一切将是多么地神奇
如果能投入他的怀抱
用嘴巴和鼻子去蹭
他腋下的毛发
把你冰凉的双脚

在他的大腿上摩擦

你尤其想知道
那会是种什么感觉
当五彩淋浴喷出的水
爱抚着你们两人
香皂泡沫在四周飞舞
你们亲了又亲亲了又亲

你还想知道
他喜欢吃炒的还是煎的鸡蛋
他的烤面包是不是
两面都要抹上黄油
喝的咖啡含不含咖啡因

但他是一个完全不该爱上的人
而且人人都知道
这事不靠谱

可如果人们一旦见到他
个个都会想
"我要爱上这一切"

而我也与之无异

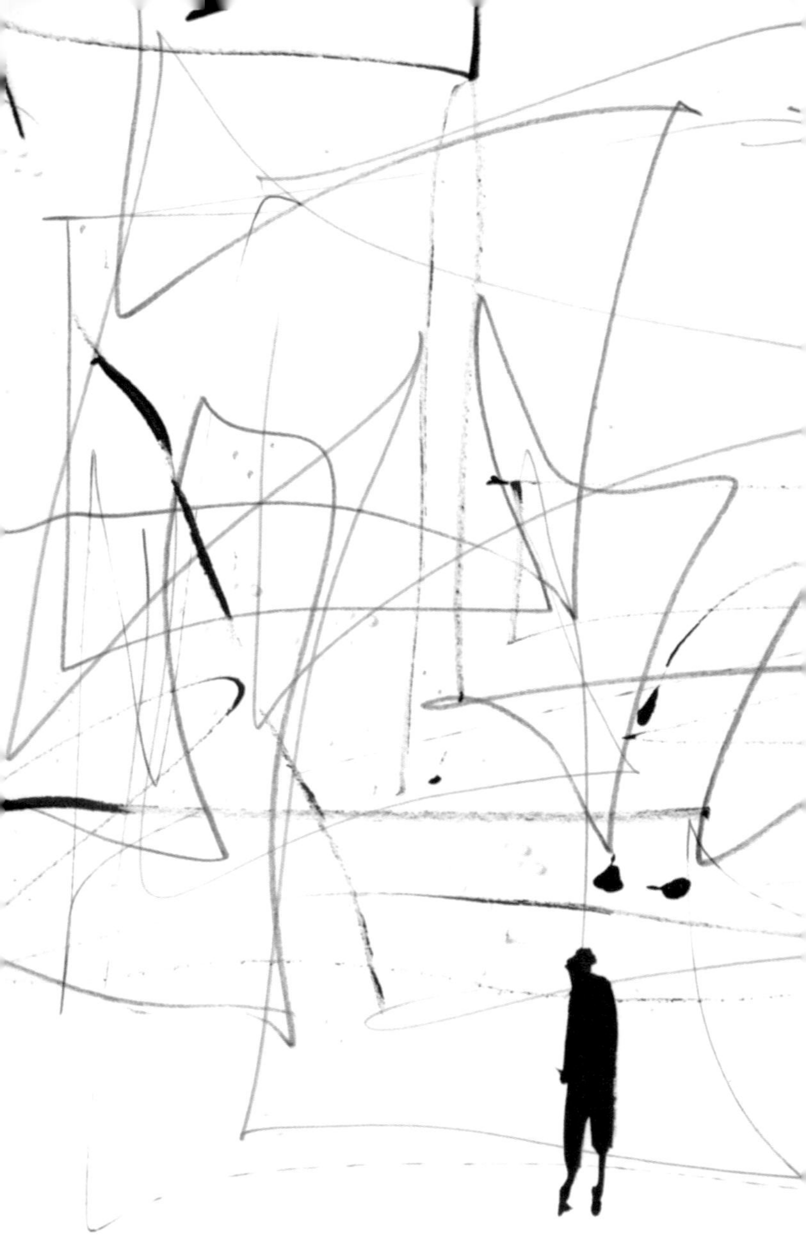

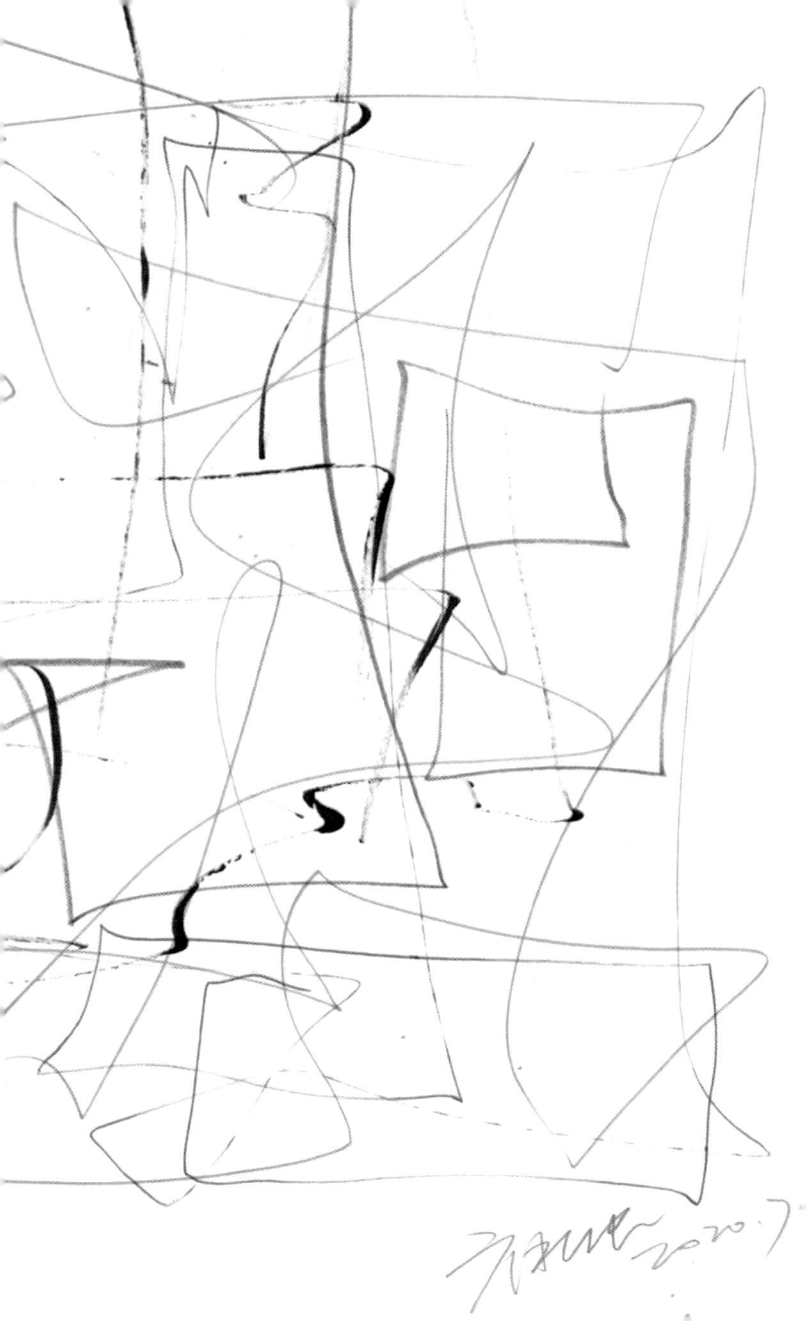

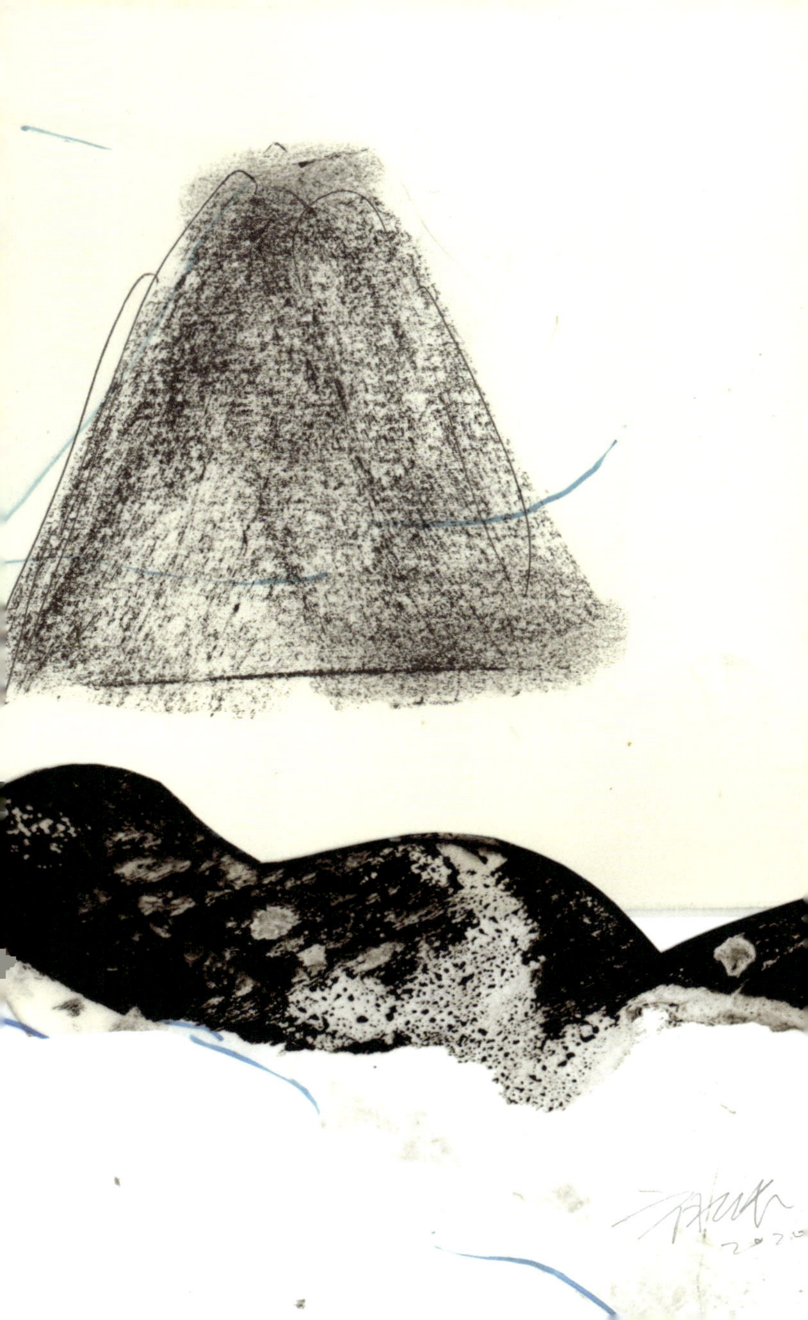

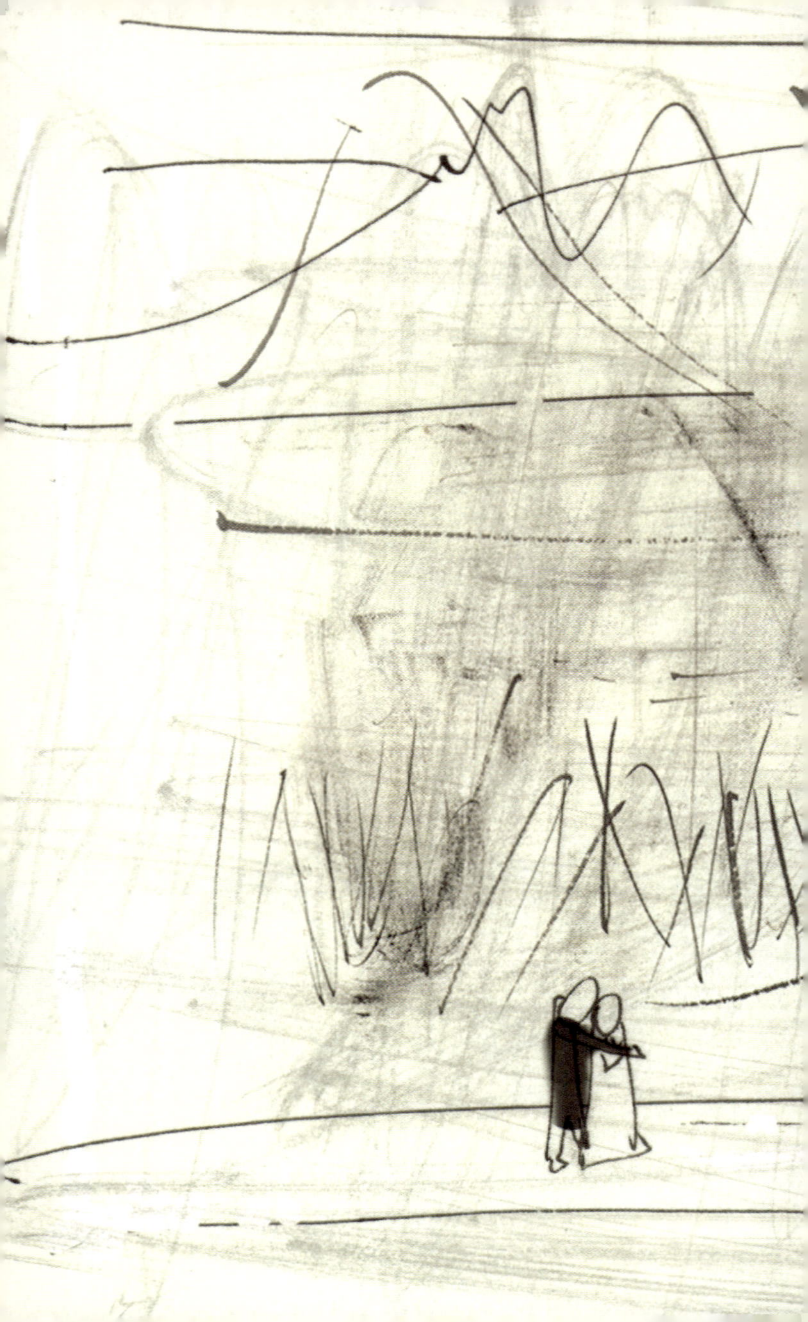

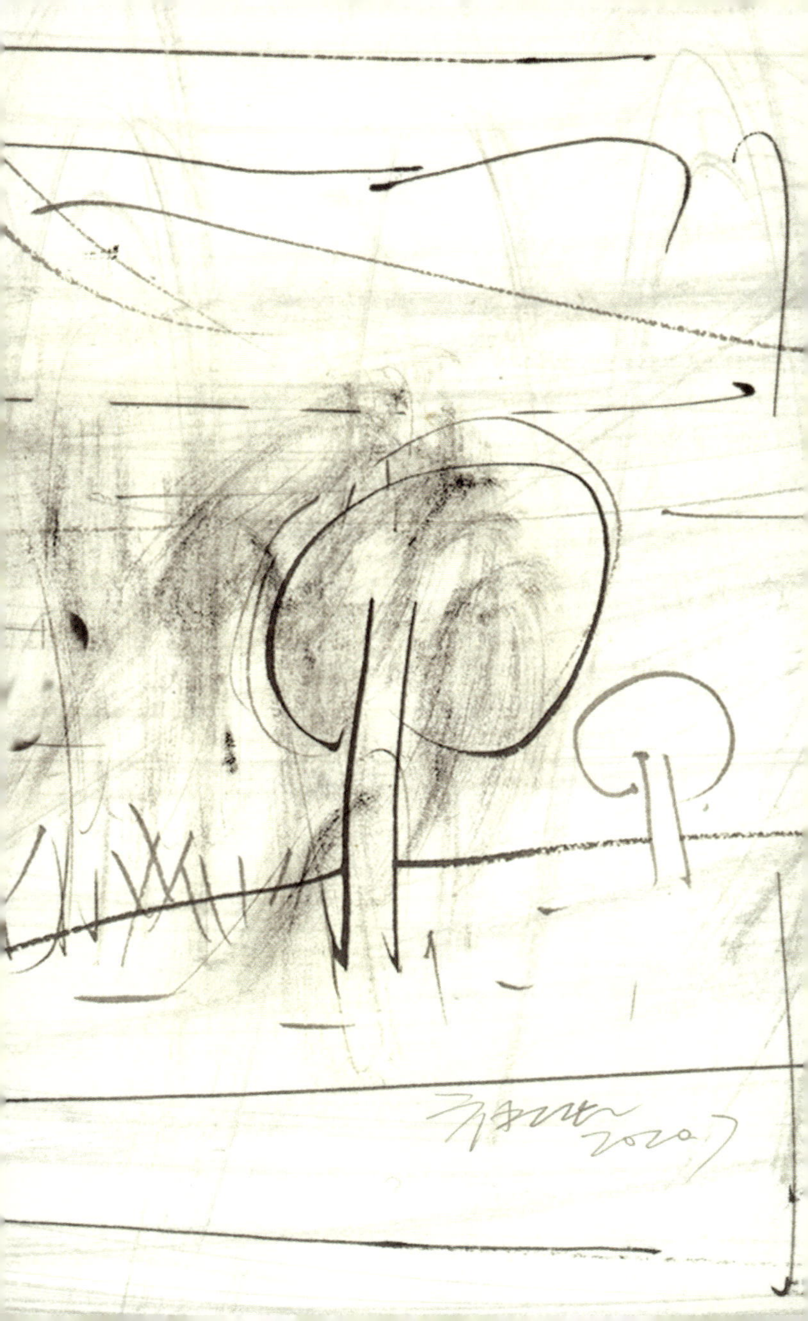

马克·杜迪
Mark Doty (1953-   )

1987年出版第一本诗集,迅速成为广受瞩目的以纽约的情感生活为主要表现对象的诗人,把艾滋病所带来的死亡和痛苦、悲伤和记忆带进了当代诗歌;气质上受惠特曼的影响,诗歌语言雅致繁复,感情深沉细腻。

显灵

他健壮的胸脯上满是修剪得短短的花白胸毛,
这位和蔼可亲的男人把自己优美而坚实的体魄

往后靠着,斜倚在一堆枕头上,我挺身
跪坐在那里打量着他,两眼所见

让我不由地屏住了呼吸:他正往我这边看着
和蔼的浅浅的笑容,目光没有完全聚焦,仿佛我看他

或他观察我都隔了一层薄纱,而他不是我认识的
　　那个人——当然,
差异并不大——但是,一切都清晰得就像哈德逊
　　河上

初冬的日光,这位绝无仅有、温柔而又透着男子
　　气的

1850年代的梦想者,留着锅盖式发型,眼睛四周
　温和的皱纹

双眸就像被鸦片剂放大了,里面闪烁着的
和投射出来的光同样地明亮——

那是为了探看我而重返人间的沃尔特·惠特曼,
耐人寻味的是,那是十一月里一个和煦的午后,
　在中城的西边。

拥抱

那时你身体有恙但还没有大病；
只是有点累，让你的英俊气质
蒙上了一层悲伤或是某种预期，
你的面容若有所思，沉静而优雅。

我从来就不怀疑你已经死去。
我深知这无法改变，即便是在梦中。
你出门了——也许是在上班？——
心情舒畅，几乎是意气风发。

我们似乎是在搬家，从住过的
老房子里搬出来，纸箱遍地，场面
凌乱不堪：这是我梦里的**故事**，
但即便在睡梦中，你的面容也把我

从这个故事惊醒，你真实可感的脸：
咫尺之隔，整洁光滑，充满爱和机警。

马克·杜迪

为何如此之难，要忆起你的确切容貌？
如果不依靠相片，如果不聚精会神？

因此当我看到你开朗、可信的脸，
你特有的眼神流露出温暖和清澈
——就如温热的褐色茶水——我们
相互拥抱，在梦所给予的时间里。

感谢你！专程归来，让我可以再次
见到你，清晰如此，让我能靠着你
不担心此时的幸福让任何事情失色，
也不用以为你真的就起死回生。

比利·科林斯

Billy Collins (1941-)

2001—2003年两度获任美国桂冠诗人,诗风幽默机智,深入浅出,以日常的经验和感受为对象,广受不同层次的读者欢迎,被《纽约时报》誉为"美国最受欢迎的诗人";强调"读者意识",形容诗歌写作对他来说就是在房间里跟某个人平心静气地对话。

漫无目的的爱

早上沿着湖边散步时
我爱上了一只鸊鷉,
当天稍后还爱上了一只老鼠
被猫丢弃在餐桌下面。

秋日黄昏的暗影里,
我迷上了一位缝纫女
裁缝店的窗口里她仍伏在缝纫机上工作,
后来我还迷上了一碗高汤,
热气升上来就像海战时的硝烟。

这是最好的爱了,我当时这样想,
不需要补偿,也不需要礼物,
没有刻薄的言辞,没有怀疑,
也没有电话上的沉默。

爱板栗,

爱卷檐的软呢帽,一只手握着方向盘。

没有欲念,不会砰地摔门——
爱袖珍版的橘子树,
干净的白衬衫,晚间的热水澡,
横穿佛罗里达的高速公路。

没有等待,没有烦躁,也没有怨恨——
只是不时地会觉得一阵心疼

为那只鹩哥,在低垂湖面的枝头
搭建了自己的窝巢,
也为那只老鼠,
至死都穿着浅褐色套装。

但我的心总是被三脚架撑开
搁在开阔地里,
等待着下一支箭头。

拎着老鼠的尾巴

把它送到林中的一堆落叶里之后,
不觉之间我站到了浴室里的洗漱池旁
充满怜爱地盯着那块香皂,

如此耐心而柔顺,
在浅绿色的肥皂碟里如此自在舒适。
我觉得自己又一次爱上了
当我感到它在我打湿的手里滑动
同时还闻到薰衣草和石头的淡香。

听者

我看不到千里之外的你,
但能听到
你在卧室里咳嗽
也听到你
把酒杯轻轻放在台桌上。

今天下午
我甚至听到剪刀
沿着你的发梢移动
深色的碎发落下
洒满大理石地板。

我关掉收音机
在播放的爵士乐,
放轻脚步走过房间,
闭上双眼,
房子所有的窗户也都紧紧关闭。

我听到一台马达在公路对面启动，
一架飞机在头顶嗡鸣，
一辆运木材的卡车隆隆驶过——
然后万籁俱寂
除了一座沉默的白石房屋。

你肯定是睡着了
不然不会如此安静，
那就让我坐下来
等你的被子窸窣作响
等你梦里传来的声音。

我会倾听那只蚂蚁
驮着死去的同伴
爬过眼前这些地板——
听它高贵的脚步和大声的恸哭
所汇成的交响。

色情画

这幅有点滥情的乡村风俗画里,
一个满脸红光的家伙
头戴宽边帽,穿着圆鼓鼓的绿色长裤
正搂住一身红裙的村姑旋转,
一个男孩拉着简陋的手风琴
身旁有只倒扣的木桶

上面摆着一把刀,一个水壶,还有一个小酒杯。
两个穿粗布外套的男人
在一张木桌子上打牌。

背景里有一位戴着遮阳帽的女子
站在半掩的荷兰式木门后面
跟一个拄着拐杖的商人或是乞丐说话。

这便足以让我欲火中烧,
情不自禁要跟你躺下,

或者跟一个很像你的人,

在清凉的大理石或任何平展的地方躺下,
看云朵飞快地飘过
大树的繁枝茂叶窸窣作响

跟小鸟啾啾的鸣唱汇合——
这幅画如此清晰地讲述着消逝的岁月,
被淘汰了的乐器,

一时兴起的欲念,还有那个
几乎无人记得的画家的腐烂尸骨
葬在今日法国某处的地下。

嫉妒

我并不在乎
那些倾斜的楼房和死胡同,
也不在乎那些绕不出去的
或者根本就残缺不全的楼梯。

最糟糕的也不是走在一座陌生的城里
手里拿着有一千把钥匙的钥匙圈
为了找到那扇门,
连陌生人递给我的空白地图也不是。

我甚至能忍受你不断地
从我身边跑开,消失在街角,
站在笼子一样的电梯里往上走,
从出租车的后窗往外看

总是傍着一个高大男人的臂膀
他一身漂亮的西装

一顶帽檐卷得完美的呢帽
我知道他还带着一把枪。

让我心碎的是当早上来临
你躺在那里,双眼紧闭,
身体卷成一个甜蜜的睡姿
脸上的表情那么无辜

当你喝着咖啡吃着橘子告诉我
说其实你昨晚一直就在这里,
就在床上在我身边
然后要我相信你只是迷失在

自己的梦里,相信你可笑的托词
说是在云朵里游泳
游向回荡不已的钟声,
还有你显而易见的小谎言

说自己从一个窗口飞了出去,然后把脸
埋在了天使的羽毛里。

艾米·格斯勒
Amy Gerstler (1956-)

诗作以语言机智敏锐,而话题却严肃深刻而著称。"幽默和想象"在诗人看来是生活中不可缺少的两大乐趣,也是她赖以探究和思考我们每天所面对的阴暗面的方式。"喜剧对我来说是神圣的,是人类最核心的财富,也是我们为数不多的慰藉之一。"

情色的赞美诗

愿我热爱这样地活着,还有你,直到最后。

愿我可以窥探你身上最圣洁的凹穴

并因此而开始徐徐燃烧,

然后便加倍热烈地、黏乎乎地、甘美甜蜜地

舔那些雀斑、瑕疵和疤痕

羞惭一直想要遮蔽它们,但万幸的是

掩饰不住。如果神找不到进入我们身体的洞眼

他会造出一个。那么,就献出每一个有福的孔,

每一个湿润的门洞,把他召唤进来?

我溃不成军

我们这种关系里,亲吻一下又是什么意思?
嘴唇间的休战?意思是我们虽然都是动物,
但你不会咬人?在墓地里亲热了一番,
我感觉是被撒了一地,就像那对夫妻的骨灰。
你高声念着他们的墓文:"不好意思,我们活得很
　　开心"。
但愿我的残渣和尘埃能滋养一株仙人掌
结出的果实再做成你的龙舌兰酒。你会把我喝下,
我便爬进你的太阳穴:做你永远忠贞的头疼。
但如此我就看不到你吞咽时
喉结的上下跳动。咕噜咕噜。那我们挺直腰
走一段,先不去天堂,好吗?再亲我一下,
把你小小的病痛和莫名其妙的畏惧都传给我。
把我的名字抹去,让我哑口无言。

性爱之前

这一番扭动和抽送是为了让我们暂且分神
不总是去想着死亡。但谁又能忘记
归根结底，**我们所珍惜的一切都是借来之物：**
日子的长短，不断减弱的注意力，
四周旋转的世界和其中搏动的宇宙。
阴茎，肝脏，斑驳稀疏的体毛——
寓居在酸痛的肉身里的心灵。
让所有的肉体都来为那有限而不稳的呼吸祈福吧，
也为各种冲动祈福。血腥的气味。异国酒店里
漫长的下午。有关孩子的不祥预感。
让那些睡在尘土里的人去嘲笑我们古怪的动作吧，
或者干脆闭嘴，任我们各自剩半的生命流逝。
我们反反复复地躺下然后爬起。
暮色中她站在门廊上
萤火虫绕着她的头顶飞舞。
只有这个动作是真实的。只有她。只有我。

超脱

很少人知道有这样一个
闪光的时刻。但你除外。
天空一片火红,云层如此激扬
在在提醒你不忘使命:
全力以赴一鼓作气去吹翻
旧的形式,然后树立起新的祭坛
用泥土,面包屑,和花粉。
你的航线,稍纵即逝的流星,
有一瞬间是如此地清晰。
白天的气温开始变暖。远离我们的
一切,我想,都是尽善尽美的。一阵
来自深渊的风吹乱你的头发。
空气进入你的身体并变得凝重
当你在其中穿行。
你从来就不相信我说一切。
我的双手也从来没什么用。
我对你的爱是如此接近

乡愁,以至于今晚,
飘满天空的不像云朵,而是
一团团揉皱的绑带和蒙眼布。

弗兰兹·莱特
Franz Wright (1953-2015)

出生于维也纳,著名诗人詹姆斯·莱特之子;2004年获普利策诗歌奖,翻译过德国诗人里尔克,曾经在精神病诊所工作过。其诗歌多以孤独、失眠、死亡、精神崩溃等为主题,诗风凝重阴郁,绝望中流露出对爱的信念和对美的向往。

致我自己

你又坐上大巴
向着 80 号州际高速深处的黑暗扑去,
唯一的旅客

拧亮了头顶上方的灯。
而我跟你在一起。
我是你看不见的无尽的田野,

是远处微弱的灯光
(我们就生活在那其中的
一个房间)我也是雨水

是围绕着你的
其他人,是你喜爱的孤寂,
也许,是特别喜爱你的天地宇宙,

是那大难将至的黎明,

是你皮肤上蠕动的尼古丁——
因此当你开始

咳嗽时我不会捂着脸,
如果这次你呕吐,我会扶着你:
一切都会好起来的

我会轻轻地说。
不会总是这样。
我去给你买个三明治。

献词

确实,我从来不写信,但我会心甘情愿跟你一起
　　去死。
心甘情愿把你和我一起放进那个巨大的
张口等待的洞穴,没有了青春,没有任何狂欢,
　　还记得
从前我们上阵之前会给对方化妆,互相把头发梳好
说我们所向无敌,我们如此可怕但英俊威武——
洞穴还在等,耐心地等。我将在那里跟你重逢
不会有滴血的荆棘,不停放大的瞳孔,和那什么
　　效果也没有的火;
我已经到达那里,经过了雪白的云层,变秃的地
　　苔,还有
连我们都可以踏上去的惨淡星群,这次要容易得
　　多,我保证——
我已经在你的私人天堂等你,请握住我的手,
我会帮你跨过。我还是心甘情愿跟你一起去死,
尽管在这个灰色的机构里

我从来不写信。你看

他们迫不及待地要把我治愈,

我被判处了——抱歉——我是说分配了这份工作

不停地用吸尘器来清扫沙漠,当然,一天最多八
小时。

实际上就是大约一千里长的自助餐厅;

怎么说都不算小。那里有微缩的塑料餐具刀,

有金枪鱼沙拉和保鲜膜包着的生殖器,哪位好心
人

请把我救出来,真是不好意思。我很高兴地说

所有的方法,比如大剂量的药物,艺术疗法

教育影片以及一些我宁可不去提及的

其他手段——也就是说,那个洞穴所见过的

——抱歉!——我们最仁慈最有同情心的

科学所知道的每种技巧,都一一用上了

来帮我恢复到正常状态

让我重新兴高采烈情绪稳定。我不停地

朝着远方钻石一样微弱的灯光

吸尘而去。别忘了

我。你还

记得我吗?
夜间没有窗户的黑暗里
我躺在那里冰冷麻木
没有人在摆弄门上的锁,也
没有人用手电照我的双眼,
虽然我从来不写信,但暗地里
却渴望跟你一起去死,
这算不算呢?

金·阿多尼兹奥
Kim Addonizio (1954-)

"作家,音乐人,反纳粹游击队员"——诗人的个人网站如此自我概括;诗歌写作以豪放不羁、大胆披露而引人注目,尤其是在表现女性性爱和情欲方面。曾和杜丽安·洛合作出版《诗人必读:诗歌写作快乐指南》。

第一个吻

然后,你脸上是那种醉了、吃了药的表情
就像我女儿小的时候,当她松开
我的奶头,小嘴巴松弛下来,两眼
变得茫然矇眬,仿佛奶水
正在她的眼睛后面升起并灌满
她整个的头,在花茎一样又细又白的脖子上
奄拉着,于是我只好
把她抱得更紧,也惊叹她的饱足
是如此彻底,完全不同于需要
吃奶的时候,肆无忌惮的吵闹,直到她
吸住我并一举把我们俩紧紧地
粘在一起,然后吮吸着,从我的体内
把奶水汲取出来;啊,**这**,才是最完美的
一刻,她如此展现自己,知道
可以让我看到她是多么地
柔弱无助——这正是我看到的表情,那天晚上
当你的嘴同我的嘴分开之后

你靠着一排铁丝网围栏,
在一座烧毁了的教堂前面:一个
将会是那么脆弱,
可以那么轻易伤害却又无法伤害的男人。

偷来的时刻

发生过的事,只发生过一次。如今最好是
在记忆里重温——他划开一只橘子:橘子皮
仍然连着,还有那把刀,凉凉的一瓣橘子
递到我的嘴边,他的嘴边,我们之间
那层薄薄的膜,那妙不可言的橘子,
舌头,橘子,我的和他的赤身裸体,
他顺着冰箱把我往上推的方式——
此刻我又可以感觉到他的双手,体验那个
短暂的吻,那个让某个神经孪生体
迷狂地闪过大脑皮层的吻。爱是如此
无情,无情地在光亮中穿行
也不断地发出光芒。靠着煤气炉
我们吃了一个橘子。当时在桌上
有紫色的花。我们也还有数个时辰。

三十一岁的恋人

他脱下衣服的那一刻
让我想起一块黄油的包装纸被剥开,
那种牛奶般的、让人心旌摇荡的光滑
刚从冰箱里拿出来,仍然坚挺
就像他的身体一样坚挺,厚实
紧凑的胸肌,乳头像崭新的硬币印在
胸脯上,下面的肌肉扇子一样展开。
我察看他的双臂,就像是用了一把刀
沿着条条曲线镂刻而成的造型,
三角肌,二头肌,三头肌,我几乎不敢相信
他是人类——背阔肌,髋屈肌,
臀肌,腓肠肌——如此完美的造物。
他赤身裸体站在我的卧室里,还不曾
遭受过任何伤害,但很快就会
被伤害。终有一天他会有一个小肚子,
深色柔软的线状物从他身体流出的地方
会长出硬硬的白毛,他乳脂一样的皮肤

将会因为欲火的不断炙烤，慢慢地松懈分层
但他此时一无所知，正如我也曾一无所知，
但我绝不会跟他说起这些，
我会让他在我的床上展开四肢
以便一次又一次地汲取他凝重的丰饶，
用我唯一能够的方式索回所有。

亲爱的读者

今夜所有那些在做爱的人让我无比惊异
当我披着睡衣独坐异国他乡
饼干和伏特加聊作晚餐。也无比惊异
我的国家居然还在,尽管我并不在场
讲那里的语言或是违反其禁毒令。简直不可思议

当我意识到自己并不是此刻楼下街头上
被打碎的玻璃,也不是随后传来的哄笑;
甚至都不是眼前小小电视机里教堂会众的一员,
正在领受主的福音,虽然我只要附身往前
就可以触到银屏,就可以抚摸

每张变了型的脸里波动的条纹。说实话
我有时还是不能接受,还是很难
相信自己身体深处的一粒卵子
居然就径直变成了另一个人,而这个人此时
正在某处河面的一艘游船上,全然忘记了

她曾如何抱着我的两腿不放,每当我
想要离开房间。此刻,我不在场的某处,
世界的历史正在被决定下来,
而那些我宁可不去想的可怕的事情
还在无休无止接连不断地发生,当我

把又一块夹层饼干分开,然后舔着
中间的那层奶油,再给自己斟上一杯
并举杯向你致意,亲爱的读者,我还是惊异
在世界某个没有我的角落里,
你在倾听,并试图把我捧在手中。

译后记

记不起最初是什么时候,有了这样一个念头。

应该是多年以前,也许可以追溯到大学时期,也就是上世纪的八十年代初。那时我在北大英语系读书,大三时,不知怎地就负责编了几期系里的学生刊物《缪斯》,油印的,纸张粗糙,油墨深浅不一,有些字还得手写补进去。我在上面登过几首自己翻译的当代美国诗歌,现在只记得其中有 Robert Bly 的诗,还有一些零碎的意象。记得更多,也更好玩的,是从印刷厂取回一捆捆印好的刊物,在宿舍分好,然后夹在自行车座椅后的架子上,跟同学到学三食堂前面去叫卖,有一次还骑车到清华,跟在那里读电脑的老乡一起兜售。那应该是天堂般的五月。

但真不知道是否有任何读者留意过那些生涩的翻译。倒是我在《缪斯》上发表的一首声嘶力竭的情诗，得到过一位同学的赞赏。当时我正在宿舍楼的厕所里撒尿，他走过来在我身边站定，直直地盯着面前斑驳的墙，说，你那首诗真好，有感情！害得我一激灵，差点没尿湿裤子。后来才知道，那位同学的父亲写过《雷锋之歌》。那年我十九岁。

然后多少年匆匆过去。居然就再也没有想到去翻译英语诗，也很少写诗，更没有发表了，但对诗的眷恋却一直在，尽管随着青春的消逝，知道自己已经做不了诗人。

新世纪的第二个十年，在安娜堡的密歇根大学，已经是教书匠的我，先后开了两门课，都跟诗直接有关：一门是比较文学系的当代世界诗歌选读，另一门则是亚洲语言文化系的当代中文诗歌翻译。两门课里，翻译都是教学的手段，阅读的方式，偶尔也成为理论的对象。几年间上下来，内容愈发丰富，我也愈发兴致盎然，其间最大的收获，便是精心翻译了海子的《面朝大海，春暖花开》和西川的《在哈尔盖仰望星空》，也算是遥向当年北大的同学致敬。

在当代世界诗歌选读这门课上，跟同学们一起欣赏并精读 Adrienne Rich，Mark Strand 和 Amy Gerstler 等诗人的作品时，有了将其翻译成中文的冲动。

但第一次说出要翻译诗，而且是情诗，则是在那年夏天，一个骤然间乌云翻滚，但不久便重又云淡风轻、澄明透亮的午后。那天和两位朋友约好在校园旁边的一家餐馆吃饭，眼看着黑云厚厚地压过来，只好从户外的庭院搬移到室内，于是我便坐在了诗人朋友的右边。

> 小圆桌都摆好了：
> 面包和三只厌世的玻璃杯。
> ……
> 我们——我，和你叛逃的臂弯——
> 我们用握满旗子和配器的手拥抱了对方，
> 流连于夏日的本意。

其实当时还没有读到过这些诗句，更没有拥

抱，但坐在诗人身边，只觉得四周的声音像潮水一样退去，眼前留下的一切都在发光，桌上的器皿在舞蹈，真所谓蓬荜生辉。席间的谈话由冬到夏，从纽约到台州，又从诗歌到翻译；然后，我对诗人说我准备翻译一组当代美国情诗，以中英对照的形式出版。

记得这时诗人两眼炯炯地看着我，笑而不语，脸颊微微泛红，那表情像是期许，同情，也像是庆贺，甚至怜爱。

真正开始静下心来翻译，是 2019 年九月初来到香港之后。

现在才知道，接下来的一年多时间里，翻译这些诗，无异于为我开辟了一片栖息和复苏之地，从而拯救了我。

那个酷热难当的多事之秋，多少个夜晚和周末，我打开一本又一本的诗集，结识一个又一个的诗人，聆听他们的声音，听他们告诉我为什么我会只身在此，爱意味着什么。我抬起头，看远处的八仙岭和窗前的马鞍山海湾，看万家灯火，想象着和遥远的诗人对话，试着用新的语言把他们唤起，让他们展开双臂向我走来。多少次，我按捺不住，起身在房间里踱步，兴奋而焦躁，屏息等待。

> 即使这么晚了也会发生：
> 爱的来临，光的来临。
> 你醒来，蜡烛便仿佛自动点燃，
> 群星聚拢，梦朝着你的枕头倾泻，
> 气流溅起像温暖的花束。
>
> ——马克·斯特兰德，《光的来临》

早过了知天命的年纪，再来体验这孤寂而又充满热望的日子，让梦朝着枕头倾泻，是幸还是不幸？

十一月中，骚乱持续，蒙面黑衣人在中大校园大肆与警察对峙，政府办的大学居然成了法外之地，把初来乍到的我看得口瞪目呆，随后校园更是被黑衣人劫持，住校师生仓皇出逃，大学被迫关闭，学期提前结束。而就在那个周末，在毗邻的深圳，我见到了从远方来的诗人和译者，还一起走访了久违的旧天堂书店。次日夜色中回港，因为东铁线被破坏，只能坐高铁到西九龙再换大巴，沿途几无人迹，又因为多处交通信号灯被砸，十字路口处乱作一团。而就在这喧嚣与骚动之中，北岛筹办的香港国际诗歌之夜在港岛隆重开幕，我有幸出席，认识了弗罗斯特·甘德、安娜·布兰迪亚娜、四元康祐等诗人。

新年过后的一个傍晚，落马洲开往沙田方向的火车上洒满了冬日金黄的阳光，窗外明晃晃的，一丛丛的翠绿和高楼无声地流过。我靠窗而坐，身边是长途旅行的行李箱，眼前浮现着雨中的上野公园和蓝天下的平安神宫。逐渐染红变深的夕阳里，火车哐哐地滑行，像是沿着光的隧道，融进永恒。我依依地收回目光，低头在手机上润色译诗初稿——几个月之间，这已经成为一种抒情方式，让我把很多漂浮的时间片断捕捉并拼缀起来。

有些事情值得去做，不正是因为我们希望以此而在浩瀚无垠的时间里，留下一丝痕迹，一束光？

骚乱稍稍平息，接踵而至的，却是更大的劫

持和坍塌，是改变了我们人类生存方式，也改变了无数个人命运的疫情。

于是从春天到夏天再到秋天，眼看着张爱玲在《倾城之恋》中所说的"不可理喻的世界"一天天地围拢逼近，我只能把自己关在房里，跟着诗人们去云游，反复咀嚼他们的诗句，抚摸文字的肌理。每一次重读和修改，都是新的出发，都是穿越，飞到那个我生活了三十多年，而今物是人非的国度去搜寻，去重温前疫情时代的情和爱，同时也竭力说服自己，后疫情的世界，人间不能无爱，正如北岛所说："必有人重写爱情。"

我把一篇篇译稿，发给远方的诗人，每次都是告白，也都是询问。而每一首，都是一个不同的爱情故事，都在回味一种新的感受和发现。

读你的来信是为了不再关注
有关地震和泥石流的新闻，
而是去想象时间在缓缓地流动。
是把太阳想象成
一个生灵，不会让任何不测

译后记　169

降临于你。

——丽泽·穆勒,《写给加利福尼亚的信》

因此呈现在这里的每一首诗,都是来自远方、患难与共的友人,而诗集的筹划和出版,更是得到了众多友人的热情鼓励和帮助。在这里我要感谢北岛,肖海鸥,邱宇同,甘琦,叶敏磊,方尚芩,易水涵,三井田盛一郎;感谢那些积极回复我的诗人们:弗罗斯特·甘德,艾米·格斯勒,丽塔·达夫,杜丽安·洛,亨利·科尔,露易丝·格吕克。

在最后选定这 69 首诗的阶段,我听取了诗人朋友的意见,决定不做双语本,而是让译诗作为诗独立出来,不从属于原文。

感谢方利民专门为这本诗集作画。用诗人朋友的话来说,利民兄这批画作让人感觉"温婉宜人,像在恋爱的日子里去郊游"。

感谢友人张逸旻通读译稿,逐字润色,并为诗集作序。

唐小兵
2020 年岁末至 2021 年春,香港

版权说明

Kim Addonizio

"First Kiss" "Stolen Moments" "31-Year-Old Lover" "Dear Reader" from *What Is This Thing Called Love* by Kim Addonizio. Copyright © 2003 by Kim Addonizio. Published by arrangement with Massie & McQuilkin Literary Agents, through The Grayhawk Agency Ltd.

Maya Angelou

"Remembrance" and "Refusal" from *And Still I Rise: A Book of Poems* by Maya Angelou. Copyright © 1978 by Maya Angelou. Used by permission of Random House, an imprint and division of Penguin Random House LLC. All rights reserved.

Ellen Bass

"The Small Country" and "Marriage" from *Indigo* by Ellen Bass. Copyright © 2016, 2020 by Ellen Bass. Reprinted with the permission of The Permissions Company, LLC on behalf of Copper Canyon Press, coppercanyonpress.org; "Basket of Figs" from *Mules of Love* by Ellen Bass (BOA Editions, 2002). Copyright © 2002 by Ellen Bass. Reprinted with the permission of The Permissions Company, LLC on behalf of the author, www.ellenbass.com

Henri Cole

"Gravity and Center" "Poppies" "Self-portrait with Red Eyes" from *Blackbird and Wolf* by Henri Cole. Copyright © 2007 by Henri Cole. Reprinted by permission of Farrar, Straus and Giroux.

Billy Collins

"Jealousy" from *Sailing Alone Around the Room: New and Selected Poems* by Billy Collins. Copyright © 2001 by Billy Collins. Used by permission of Random House, an imprint and division of Penguin Random House LLC. All rights reserved; "Aimless Love" and "The Listener" from *Nine Horses: Poems* by Billy Collins. Copyright © 2008 by Billy Collins. Used by permission of Random House, an imprint and division of Penguin Random House LLC. All rights reserved; "Pornography" from *Ballistics: Poems* by Billy Collins. Copyright © 2008 by Billy Collins. Used by permission of Random House, an imprint and division of

Penguin Random House LLC. All rights reserved.

Robert Creeley
"Love" "Old Song" "Bresson's Movies" republished with permission of University of California Press, from *Selected Poems, 1945-2005*, Robert Creeley, 2008; permission conveyed through Copyright Clearance Center, Inc.

Mark Doty
"The Embrace" "Apparition" from *Fire to Fire* by Mark Doty. Copyright © 2008 by Mark Doty. Used by permission of HarperCollins Publishers.

Rita Dove
"Flirtation" from *Museum* by Rita Dove. Copyright © 1983 by Rita Dove; "Heart to Heart" and "Cozy Apologia" from *American Smooth* by Rita Dove. Copyright © 2004 by Rita Dove. Translation permissions given by the author.

Stephen Dunn
多次联系其出版社，均无回应。

Forrest Gander
"Epitaph" from *Be With* by Forrest Gander. Copyright ©

1995, 2010, 2012, 2013, 2015, 2017 by Forrest Gander. Reprinted by permission of New Directions Publishing Corp.; "Anniversary" and "Post-fire Forest" from *Twice Alive* by Forrest Gander. Copyright © 2021 by Forrest Gander. Reprinted by permission of New Directions Publishing Corp.; "Cat, Clarinet, and Two Women" from *Rush to the Lake* by Forrest Gander. Copyright © 1988 by Forrest Gander. Translation permissions given by the author.

Amy Gerstler

"Erotic Psalm" from *Scattered at Sea* by Amy Gerstler. Copyright © 2015 by Amy Gerstler. Used by permission of Penguin Books, an imprint of Penguin Publishing Group, a division of Penguin Random House LLC. All rights reserved; "I Fall to Pieces" from *True Bride* by Amy Gerstler. Copyright © 1986 by Amy Gerstler. Translation permissions given by the author; "Before Sex" "Overcome" from *Bitter Angel* by Amy Gerstler. Copyright © 1990 by Amy Gerstler. Translation permissions given by the author.

Dana Gioia

"Speaking of Love" "Marriage of Many Years" "Summer Storm" and "The Lunatic, the Love, and the Poet" from *Interrogations at Noon* by Dana Gioia. Copyright ©

1991, 2001, 2012, 2016 by Dana Gioia. Reprinted with the permission of The Permissions Company, LLC on behalf of Graywolf Press, Minneapolis, Minnesota, www.graywolfpress.org

Nikki Giovanni

"I Wrote a Good Omelette" "Seduction" from *Love Poems* by Nikki Giovanni. Copyright ©1968-1997 by Nikki Giovanni. Used by permission of HarperCollins Publishers; "I Would Not Be Different" from *Bicycles* by Nikki Giovanni. Copyright © 2009 by Nikki Giovanni. Used by permission of HarperCollins Publishers.

Louise Glück

"Earthly Love" and "Immortal Love" from *Vita Nova* by Louise Glück. Copyright © 1999 by Louise Glück; "Quiet Evening" from *Meadowlands* by Louise Glück. Copyright © 1996 by Louise Glück. Used by permission of The Wylie Agency (UK) Limited.

Dorianne Laux

"The Thief" "This Close" "Afterwards" from *What We Carry* by Dorianne Laux. Copyright © 1994 by Dorianne Laux. Translation permissions given by the author.

Lisel Mueller

"Magnolia" "Romantics" "Letters to California" from *Alive Together: New and Selected Poems*, Copyright © 1996 by Lisel Mueller. Reprinted with permission of Louisiana State University Press c/o McIntosh & Otis, Inc; "Afterthoughts on the Lovers" from *Dependencies: Poems*, Copyright © 1996 by Lisel Mueller. Reprinted with permission of Louisiana State University Press c/o McIntosh & Otis, Inc.

Linda Pastan

"The Obligation to Be Happy" "An Early After Life" from *Carnival Evening* by Linda Pastan, published by W.W. Norton & Company 1998; "The Answering Maching" from *The Last Uncle* by Linda Pastan, published by W.W. Norton & Company 2002. Copyright ©1998, 2002 by Linda Pastan. Used by permission of Linda Pastan in care of the Jean V. Naggar Literary Agency, Inc. (permissions@jvnla.com).

Adrienne Rich

多次联系其出版社，均无回应。

Mark Strand

"Lines for Winter" "The Coming of Light" "Black Sea"

"Error" from *Collected Poems* by Mark Strand. Copyright © 2014 by Mark Strand. Used by permission of The Wylie Agency (UK) Limited.

C. D. Wright

"On the Eve of Our Mutually Assured Destruction" "Oneness" and "Gift of the Book" from *Steal Away: Selected and New Poems* by C. D. Wright. Copyright © 1993, 1996 by C. D. Wright. Reprinted with the permission of the The Permissions Company, LLC on behalf of Copper Canyon Press, coppercanyonpress.org

Franz Wright

"To Myself" "Dedication" from *Ill Lit: Selected and New Poems* by Franz Wright. Copyright © by Franz Wright. Used by permission of Oberlin College Press.

图书在版编目（CIP）数据

我深爱我们一起相处的这些夜晚：美国当代诗选/唐小兵编译.
-- 上海：上海文艺出版社，2021（2025.7重印）
（艺文志.诗）
ISBN 978-7-5321-8020-2

Ⅰ.①我… Ⅱ.①唐… Ⅲ.①诗集—美国—现代 Ⅳ.①I712.25
中国版本图书馆CIP数据核字(2021)第129561号

发 行 人：毕 胜
责任编辑：肖海鸥
封面设计：尚燕平
内文制作：常 亭
封面绘画：三井田盛一郎
内页插图：方利民

书 名：我深爱我们一起相处的这些夜晚：美国当代诗选
编 译：唐小兵
出 版：上海世纪出版集团 上海文艺出版社
地 址：上海市闵行区号景路159弄A座2楼 201101
发 行：上海文艺出版社发行中心
　　　　上海市闵行区号景路159弄A座2楼206室 201101 www.ewen.co
印 刷：苏州市越洋印刷有限公司
开 本：1092×787 1/32
印 张：5.625
插 页：17
字 数：74,000
印 次：2021年10月第1版 2025年7月第8次印刷
I S B N：978-7-5321-8020-2/I.6355
定 价：48.00元
告 读 者：如发现本书有质量问题请与印刷厂质量科联系　T:0512-68180628